文春文庫

カムカムマリコ

林 真理子

文藝春秋

目次

イラスト・Aki ishibashi

カムカムマリコ

あちらはあちら

あけましておめでとうございます。

昨年はあまりにも大きな災い（新型コロナウイルス）が天から降ってきて、現実に起こったこととも思えない。

しかし怯えてばかりもいられなかった。マスクをし、手洗いをし、仕事を一生懸命にして、なんとか日常生活を保っていたような気がする。

ところで世の中はつらいことが起こっているようだ。生活困窮についての相談が三倍に増えたというし、ご飯をちゃんと食べさせられないと嘆いている母親が毎日ニュースに出てくる。

ところが東京の高級店は、あまりにも人気がありすぎて予約が取れない。九月に申し込んで、次の年の三月、なんていうところがざらにある。この話を私は一度ここで書いたこともある。

しかしそれだけではない。昨年のクリスマス近く、プレゼントを買おうと表参道のとある海外ブランドの店へ。そうしたら店内は人で溢れているではないか、二十代の若いコたちばかり。しばらく待たないと店員さんもやってこない。ハンドバッグを探していたのであるが、それは全店売り切れ。予約してくれれば、来年入荷した時に販売出来るかもということだ。

私は応対してくれた若い男性店員に尋ねた。

「こんなに混んでいるのは、クリスマスシーズンだからなんですか」

「いいえ、コロナの最中もこんな感じです」

びっくりした私は、彼にこんなことを口走る。

「バブルの頃を思い出すのよねぇ……。あの頃、世界で売れているおたくの商品の三分の一は、日本人が買っていたのよ。それと同じ光景をここで見るとはねぇ……」

が、彼は忙しそうで、おばさんの感慨には全く反応がなかった。

次の日、集まりがあり、その場でこの話をしたところ、

「たぶん実家に住んでいる若い人たちなのでは」

と識者が解説してくれた。

「親と住んで、ボーナスももらえた若い人たちは、海外旅行にも行けないし他に使うところがない。だからブランド店に殺到するんですよ」

しかし地方から一人で出てきた若者の中には、家賃が払えず寒空の下さまよう人もい

るということだ。その識者は暮れに向けて、セーフティネットを作るために奔走していた。特に若い女性は、犯罪に巻き込まれることが多いので、とにかく住まいを提供するために地方自治体と手を組んでさまざまな活動をしているそうだ。

こういう悲惨な話は山のように聞くのであるが、週末、原宿、渋谷は若い人たちでごったがえしていた。カフェや流行りのものを売っているお店は、長い行列が出来ている。〝格差〟というには、あまりにもふつうの若い人たち。私はなんだかよくわからなくなってくる。

若い人といえば、私はわりと新しい音楽をよく聴く方だと思う。大学生の娘の影響である。

ずうっと昔のこと、私と同じように物書きの仕事をしている友人が、

「息子のおかげで、〇〇も知ってる、△△も聞いてる」

とやや自慢気に言った。するとそこにいた編集者が、

「あのね、子どもに流行を教えてもらうようになったらお終いだよ」

と軽くたしなめたのである。

この言葉は深く私の心に残っていて、あちらはあちら、こちらはこちら、とずっと心がけていた。

とはいえコロナ禍で、一緒にテレビを見ることも多い。チャンネル争いしても負ける。

しかもあちらは、ユーチューブを朝から晩まで流してくる。自然といろんなものが入ってくる。

ＮｉｚｉＵは、騒がれるずっと前からＨｕｌｕで見ていた。私はオーディション番組が大好きなのだ。野暮《やぼ》ったい女の子が、みるまに綺麗になっていくのを見るのは本当に楽しい。

瑛人の「香水」は、最初に聞いた時からすごい、と思った。ふつうのオニイちゃんが歌っているのであるが、深く心に刺さったのである。

ところでこの原稿を書いているのはまだ暮れであるが、瑛人さんは紅白にも出場が決まっている。よかった、よかった。

「ドルチェ＆ガッバーナの香水」は、たぶんそのまま歌うことになるだろう。そこで思い出すのはＮＨＫでのあの一件である。

古老は語るシリーズ。

かの昔、山口百恵さんが、「プレイバックＰａｒｔ２」をお歌いになった時、

「緑の中を走り抜けてく真紅《まっか》なポルシェ」

は、ＮＨＫの規定により、

「真紅な車」

とやや不自然な感じで変えられていた。歌を聞いて、ポルシェを買おうと思う人はま

ずいないと思われるが。

私が最近好きなのはＤＩＳＨ／／の「猫」。「香水」と同じく今年のヒットチャートを駆け抜けた。そう、そう、ヒゲダンの「Pretender」もいい曲だよな。

この三つの曲に共通しているのは、男の子がフラれているということ。「香水」では、昔の恋人がちょっかいかけてくるけど、どうせ僕はフラれるんだとボヤいているし、「猫」の方は、別れた彼女が猫になってふらりとまた戻ってきてくれというもの。ヒゲダンは、

「君の運命のヒトは僕じゃない」

と言い切っている。

まるで短篇小説のように、男の子のせつなさ、やるせなさが、そう重たくなく伝わってくるのがヒットの原因か。

そして昨年女性歌手の一位は、なんといってもあいみょん。「裸の心」を何度聞いたことだろう。

「今、私　恋をしている」

とこちらは高らかに愛の勝利宣言。

この男と女の違いや、今日びブランド品に群がる二十代の心の奥底がわかれば、私も若い人に向けてのベストセラーが書けるかもしれない。だけどかなり無理がある。あち

らはあちら、こちらはこちら。はっきりとそう思う新年なのである。

箱根路にて

箱根駅伝を見ていたら、無性に箱根に行きたくなってきた。

箱根か、いいなあ……。もう七年ぐらい行っていない。たったひと晩、お湯にゆったりとつかり、おいしいものを食べたらどんなに楽しかろう。昨年だって一生懸命働いてきた。温泉に行ったからといって、誰が咎《とが》めるであろうか……。

いや、何をしても咎められるのが昨今の風潮。このあいだどこかの議員さんが六人で会食をしていたといって、マスコミで叩かれていたっけ。新型コロナウイルス感染症対策分科会の尾身茂会長が、会食は五人以内でと呼びかけていたばかりなのに、国会議員が何ごとか、ということらしい。

まあ、私は国会議員でもないしと、スケジュールを見れば、一月のはじめはこれといって何も予定は入っていない。娘がネットで予約してくれ、リーズナブルだけれど食事がおいしいという温泉旅館へ。緊急事態宣言が出される四日前だったので、「滑り込みセーフ」ということになるだろうか。

新宿駅から乗ったロマンスカーもガラガラである。シートに腰かけ本を読む。話は変わるようであるが、この二十年来、私に心安らかな正月はなかった。暮れに直木賞の候補作がどーんと送られてくるからである。

一人の作家人生にかかわってくることであるから、心して読まなくてはならない。集中するため、自分の部屋に籠《こ》もるのであるが、昼どきになると何かつくらなくてはならないし、夕飯どきには買い物にも出かける。お手伝いさんが休みの時なのだ。

「候補作を読むために、別荘に行く」

あるいは、

「旅館に入る」

という方々がどれほど羨《うらや》ましかったことであろうか。

今回は私もそうした作家の仲間入り、ぶ厚い作品を一冊旅行バッグに入れてきた。畳の部屋なので座してゆっくりと読むつもり。なんか昔の文豪みたいで素敵。

やがてロマンスカーは箱根湯本に到着。箱根登山電車に乗り替えるつもりであったが、タクシーでも近いことがわかった。

山道をくねくねと上がっていく。今までは何気なく通っていた道であるが、テレビの駅伝の場面と照らし合わせると、実際はかなり狭い。

「これで両脇に人がいっぱいいるわけですよねー」

運転手さんに話しかけたら、

「今年は通達が出て、地元の人も行かないようにしていましたよ」

話し好きの運転手さんで、箱根駅伝にまつわるいろいろなことを教えてくれた。

「お客さん、ここ宮ノ下の人たちは、特に駅伝を大切にしているんですよ。昔、自主トレしていた学生さんが、トラックに轢かれて亡くなったんです。それ以来、地元の人たちの応援は『気をつけてねー』なんです」

ほら、ここが慰霊碑ですよと教えてくれたので通り過ぎつつも合掌。

ところで今年の箱根駅伝は、復路が視聴率三十三・七パーセントとすごいことになっている。もはや紅白と並ぶキラーコンテンツ。

創価大学がこのままゴールすると思っていたので本当にびっくりした。駒澤大学のアンカーが、あっという間に近づき、またたく間に抜き去ったのである。いい試合であった。頑張った創価大学のアンカーにも拍手をおくりたい。

今回の駅伝で、私は多くのことを学びました。それは自分がいかに狭量な人間かということである。

創価大学というところには、何の偏見も持っていないつもりであったのに、スポーツ紙を読んでいたら、往路優勝した「一月二日は池田大作氏の誕生日」とあって、こういうの、どうなのかなーと内心もやーっとしたものを感じていたのは恥ずかしい。

ネットの反応を見ていたら、

「創価がどうのこうのいう人たちはどうなんだ。みんな一生懸命やっているアスリートじゃないか」

そうだ、そうだと頷く私。

同時にケニア勢に対しても、世間は驚くほど寛容である。

「どこの大学だって、高校での一流選手をひっぱってくるんだから同じじゃないか」

「ケニアの選手も慣れない国で頑張っている。日本人学生の刺激になっているはず」

私もそりゃそうだよねー、あー私ってなんて心の狭いオバさんなんだろうといったんは深く反省したのであるが、区間賞を獲った、東京国際大学のケニア人選手のインタビューを見て、また首をかしげた。

この選手、日本語は喋れない。スワヒリ語で答え、チームメートのケニア人選手が通訳をしていた。

彼には下手でもいいから日本語でしゃべってほしかった。

その昔、わが山梨の大学、山梨学院大学というところが、ケニア勢の選手を走らせ優勝した。その時から留学生問題は議論され、ルール化されているのであるが、今はあの頃よりずっとプロ化しているらしい。

キレイごとと言われそうであるが、大学の駅伝は教育の一環という側面が大きい。

監督の下、仲間にもまれ、青っちょろい青年たちが、体も精神も成長していく。私たちはそれを見るのが楽しいんだ。

まあ大学は百歩譲《ゆず》って、ケニア人選手よしとしよう。だけど高校駅伝はまずいでしょ。これはもっと規制すべきと私は声を大にして言いたい。

そう、ものわかりのいいオバさんなんていくらでもいる。今年も心に刺さったトゲをちゃんと抜いて「見て、見て」と言おうと考えた箱根路であった。

私の緊急事態宣言

はっきり言って、今度の緊急事態宣言はゆるいかも。人々の緊張感も、前と比べるべくもない。

外食だって、

「八時までにすればいいんだよね」

という空気がみなぎっている。

デパートも商業施設も、閉店時間がちょっと早くなっただけ。劇場も映画館もやっている。

こんなにだらだらやっていて大丈夫なのか、と心配になるものの、きつくされるともうついていけないと思うのも事実。

十カ月以上、私たちはよくやってきた。手洗い、うがいをして人混みを避けた。旅行や楽しいこともじーっと我慢した。まあ、私など、適当に息抜きをしたけれども、それでも外に出る回数はぐっと減った。

若い人は本当に可哀想だったかも。二〇二〇年は甲子園もなく、ふつうの子たちも、学園祭や体育祭を経験出来なかった。極めつけは成人式だ。中止になったところが続出したのである。

成人式は年々重要行事になっているようだ。私たちの時代は、

「ああいう式に出るのは、ちょっとね……」

という同級生は結構いたし、アンチ振袖《ふりそで》の女性もかなりいた。

「振袖をつくってもらう替わりに、自動車教習所の費用出してもらった」

とふつうにスーツで出席する友人は何ら臆《おく》するところがなかった。学生運動がまだくすぶっていた頃なのである。

とまあ、こんな緊急事態宣言中のエッセイは、書くものがつい懐古となる。なぜならば、どこそこへ行った、あそこが楽しかった、などと書こうものなら、

「こんな時にそんなことをしてるのか」

とただちにネットで叩かれそう。政府のルールはゆるいけれど、世間の監視はますます厳しくなっているようなのだ。

先週号の週刊文春は、石破茂さんが福岡でフグを召し上がったとかで大きな記事にしている。こういうのは、いったい誰がチクるのか本当に不思議だ。フグぐらいいいと思うのだが……。

そんなわけで、私の書くものも「緊急事態宣言」。昔話にしとけば問題は起こらない。おととい、朝いちばんの回で友人と映画を見に行った。席はひとつ置きになっていて、入る前に手の消毒とサーモで体温チェック。

映画は「甦《よみがえ》る三大テノール　永遠の歌声」。パヴァロッティ、ドミンゴ、カレーラスという三人の偉大な歌手が競演した、奇跡のコンサートのドキュメントである。

一九九〇年、イタリアで開催されたサッカーワールドカップの時、カレーラスは言った。

「僕だけのコンサートじゃつまらない。あの二人を誘おう」

パヴァロッティとドミンゴは、実のところそれほど仲がよくなかったらしい。カレーラスが長い闘病生活から復帰したばかりであり、彼のためにひと肌脱ごうということになったようだ。

しかし客はそんなに集まるはずもないとパヴァロッティは判断し、

「タダ券を二千枚くれ。知り合いにばらまくから」

と言ったとか。

このカラカラ浴場でのコンサートの素晴らしいこと。今から三十年前、三人の歌手はキャリアの頂点にあった。声が出ること、出ること。あまりにも出るので、マイクを通すとちょっときつい音になる時がある。どのアリアも深い感情がこもっている。

はたしてこのコンサートは大成功で、世界ツアーが始まった。

一九九六年、国立競技場に私は向かった。バブルはとうに終わっていたけれど、一万五千円から七万五千円のチケットはあっという間に売れてしまったのである。当時のわが家から、国立競技場は目と鼻の先。当然タクシーで行こうとしたのだが、原宿の明治通りに立ち、私たちは異常事態を悟った。空車が一台も来ないのだ。全て客が乗っている。みんな競技場に向かっていたのだ。

山手線に乗ったが、これも満員。なにしろ六万人が移動したのである。

この五年後、私は北京でこの三大テノールを聞いた。「トゥーランドット」の舞台となった紫禁城が会場だったから、名曲「誰も寝てはならぬ」など、さぞかし感動的だったのではないかと思うのだが、ほとんど記憶がない。

当時の中国には、クラシックのコンサートをきちんと鑑賞する、という習慣がまだなかったようだ。隣りの席の少年が、ゲームをピコピコやっていたのにはすっかり呆れてしまった。私語も多く、三人はアンコールをやめてしまったほどだ。日本ではちゃんと「川の流れのように」を、日本語で歌ってくれたのに。

映画の後、友人と一緒にデパートの食堂で鰻丼を食べる。音大のピアノ科を出た彼女はもちろん彼らの大ファンで、ソウルまで行ったそうだ。

「あの頃は飛行機使っても、見たいもの、聞きたいもののために行く、っていう風潮があったわよね」

「そう、そう。世の中がもっとアグレッシブで前向きだった。こんなどんよりした空気はなかったよね」

パヴァロッティは今はもういない。映画で過去を語るカレーラスとドミンゴが、すっかりお爺さんになっていたのには驚いた。

「私さ、週刊誌の対談のホステスをやってるけど、昔、カレーラスも、ドミンゴも出てくれたよ。すっごくいい思い出」

私の自慢話に彼女の箸が止まる。

「ウッソー！　そんなすごいことあったなんて！」

「あの頃ドミンゴはしょっちゅう日本に来てたよ。イタリアブランドの代表やってた私の友人の、十人ぐらいのホームパーティーにもふつうに来てたよ」

「ウソ、ウソ、ウソ！」

「本当にセクシーでカッコよかったよね。あの時ドミンゴに口説かれたら、女性はすべてなびいたはず。その彼が年をとってから、セクハラで訴えられるなんてね」

過去は今や、現代のコンプライアンスによって裁かれる。てれてれ思い出に酔ってばかりいられない時代なのだ。

コロナの教訓

ふと気づいた。

おととしと昨年のことがごっちゃになっている。

昨年あったことだと思うと、おととしだった。おととしだと思うと、昨年にあったこと。

おかげでコロナ禍で、昨年のひき籠もり期間の記憶がすっぽり抜けているのだ。

コロナ禍で、喪中の友人に、年賀状を出す失礼をしてしまった。申し訳ないと謝ったら、

「いいの、いいの。私も主人が亡くなってから、ぼーっと生きていて時間の感覚失くしてるから」

と許してくれた。

コロナのせいで、冠婚葬祭のきまりもすっかり狂ってしまった。日頃世話になっている担当編集者が結婚したのであるが、親族だけの披露宴ということで、お祝いメッセージ映像に出ただけ。まだ何もしていない。落ち着いたらデパートにでも行って……と思っているうちにずるずる四カ月たち、早くもおめでたの知らせが。

「それでは出産祝いとまとめて」

などと考えるうちにまた日にちがたつ。

こうしたお祝いごとは時間がたってもいいとしても、困るのがお亡くなりになったケースだ。

久しぶりに友人と電話で喋り、

「お母さま、お元気？　施設にいらしたから、なかなか会えないんじゃないの」

と聞くと、

「実は……」

ということになる。昨年のことだという。

「こういう時だから、誰にも知らせず、家族だけで送ったの」

同じようなケースは幾つもあり、子どもの時から可愛がってくださった高齢の女性が、昨年ひっそりと息をひきとった。私としてはせめてお線香の一本でもと思ったのであるが、

「今は、皆さんどなたにも遠慮してもらっているから」

あたり前といえばそうかもしれないが、この一年というものお葬式に出たことがない。相当有名な方でも、「しのぶ会」は延期になったままだ。

コロナは私たちの生活に、大きな変化をもたらしたが、その最たるものが葬式ではな

いか。

ウエディングの方は、コロナが収束すればきっと別の動きが出てくるはずだ。一生に一度のこと、ちゃんとウエディングドレス着たい、人気ホテルでパァーッと披露宴やりたいと、コロナを乗り切ったカップルが希望しても何の不思議もない。

が、お葬式の方は違う。この簡略化の動きはもう止まらないはずである。だって家族の負担がぐっとラクだもの。

わが家を例にとると、十一年前に父が亡くなった時は、市営の大きなホールでやった。たくさんの花輪がずらーっと並び、その中には有名人の方からのものも幾つもあった。

田舎の人たちはびっくりして、お葬式だというのにパチパチ写真を撮っていたっけ。

それを見て私も誇らしい気分になり、にぎやか好きな父に親孝行が出来たと嬉しかったものだ。

ところが三年半前に母が逝《い》った時は、そういう気持ちがまるでなくなってしまった。百一歳で亡くなった母には、もう親しい友人もいなかったこともあるが、葬式簡素化の波は、地方にも押し寄せていたのである。誰にも知らせず、親族だけでひっそりと葬式を終えた。

十一年前だったら、

「人を呼ばない葬式なんて聞こえが悪い」

とまわりから言われたかもしれないが、イトコたちに相談すると、

「それがいいよ、遠くの親戚はもう年とって来るの無理だよ」

と賛成してくれた。

よって本当に親しい、二十人ぐらいの者たちだけの葬式であったが、小さい祭壇では寂しいと弟が言い出した。

「お母さんは花が大好きだったから、お花がいっぱい飾れるやつを」

というので花のクオリティが高いタイプをフンパツした。母が遺《のこ》したわずかなものを、そこで使い切ることにしたのだ。

ピンクと白のオーキッドのピラミッド型のタイプだったと記憶している。田舎の葬式は、花を参列者に分ける。

「終わったら、来ている人たちに持っていってもらってくださいね」

と葬儀会社の人に頼んだら、

「はい、はい、すぐにお渡し出来るように用意しますから」

とものすごくあわてた様子。

そして葬儀が終わるやいなや、はい、と配られたのは、新聞紙につつまれたしなびた菊であった。祭壇には指一本触れさせない。

「私は蘭が欲しいのに」

イトコの子どもたちはブーブー文句を言い、他の人たちも、

「あんな高い金出したんだから、この花はもらっていいずら？　なぜくれんだ」

「きっとまた使うずらね。だからこっちに分けてくれないだね」

とひそひそ。

私も釈然としないものがあったが、場所が場所ゆえに口をつぐんだ。

お葬式の費用にはお花も含まれるのではないか。誰か教えていただきたいものだ。

まあ、そんなトラブルはあったが、母の葬式は心がこもっていたし、何よりシンプルでよかった。私もあんな風に送ってほしい。

以前は青山葬儀所の前を通るたびに、

「私もこのブランド葬儀所で！」

と思ったものだが、今はそんな見栄はいっさいなくなった。コロナで明日はどうなるかわからぬ今日この頃、余計な欲は持たないこと、というのがコロナで私が得た教訓である。ちょっと寂しいが。

肉体改造

チケットをいただいたので、今場所は二回も国技館に行くことが出来た。

コロナ対策で今はひと枡に二人しか入れないことになっている。のびのびと座る。今思えば、ここに四人も座っていたなどというのは信じられない話だ。とにかく空きスペースをつくろうと、必死で焼きトリやお弁当を頰ばったが、あれはあれでとても楽しかったなあ。

今の国技館はしんとしている。誰も声を出さない。ぴりぴりと空気が張りつめていて、お相撲さんも観客も緊張している。

今場所私の目をひいたのは、なんといっても明瀬《あきせ》山《やま》。最初に見た時はびっくりした。全体に締まりがなく、お腹なんかぶよぶよと弛んでいる。皮膚もシワだらけでくすんでいる。自分のお腹の拡大版を見るようで、

「ひえーっ」

とマスクの下で、小さく叫んでいた。

お相撲さんの体というのは本当に美しい。厳しい稽古の末に、筋肉もりもりみなぎり肌もピンと張っている。

今場所優勝した大栄翔《だいえいしょう》の後ろ姿をテレビカメラが追っていたが、

「尻がいいね、尻が」

と解説の北の富士さんも絶賛。

「強い力士はね、こんな風に尻が上がってるんだよ」

なんだかパドックの馬の評価のようでおかしかったが、わかる人はこんな風にお相撲さんの体を見るらしい。

そこへいくと明瀬山は、どう見ても強いように見えないのだが、どんどん勝っていって、今場所は九勝。それにつれて人気もウナギ昇り。

NHKの動画人気は、いつも上位にきているとアナウンサーの人は言った。おそらく私のように、自分のカラダと重ね合わせて、

「ガンバレ」

と思う人は多いに違いない。

話題の「溜席《たまりせき》の妖精」ももちろん見た。東の花道付近に、いつも上品な美人が座っている。あれは誰だ？　ということで週刊誌でも取材されていた。

「でも自分が注目されている、ってすごーくわかっている感じだよねー」

と一緒に行った友人がひそひそ。

「お相撲さんを見る目がそっけなくて、私はそんなにお相撲ファンとは思えないけど」

とにかく場内の視線を一身に集めるお嬢さんであった。

実はいただいた枡席は一番前で、その美人のすぐ後ろ。そこは国技館は初めてという人に譲り、私と友人は五番めの席へ。が、それがよかった。目立つ席なので、ツイッターでなんか言われたかもしれない。

まあ相撲観戦は何も咎められることではないが、今の世の中、名の知れた人が、銀座や焼肉、雀荘に行けば大変なことになる。

今日本中に、自粛警察がうろうろしている。

ナマハゲみたいに、

「笑っているやつはいねぇーがー」

「楽しそうなやつはいねぇーがー」

と聞いてまわるのであろう。

まあ、ナマハゲに見つけられないためにも、これからはうちでおとなしくテレビを見よう。

ネットフリックスもいいが、いったん見始めるとずるずると時間がたっていく。

それにこの冬は、面白いドラマがいっぱい。話題の「天国と地獄」は、サイコパスな殺人鬼と刑事の魂が入れ替わるという奇想天外なものであるが、ストーリーと主演の二人の演技が素晴らしい。

高橋一生さんが、やがて綾瀬はるかさんに見えてくるから不思議である。綾瀬さんの目つきも次第に怖ろしいものになってきた。

「その女、ジルバ」を最初見た時はびっくりした。主演の池脇千鶴さんの顔が、すっかりオバさんになっているではないか。頬がたれて二重顎。

対談で池脇さんに一度お会いしたことがあるが、小顔のとても可愛らしい方であった。こんなぶくぶくしたオバさんじゃない！

「急に老けたのかな。だけど女優さんたるもの、こんな顔を見せたらマズいのでは」

私が考えていたことは、みんなも考えていたようで、ネットニュースにも出ていた。そこで判明したのであるが、どうやら池脇さんは特殊メイクをしているらしい。

特殊メイク！

老婆役ならともかく、まだそれほどでもない四十歳という設定で、こんなに顔を変えるなんて、本当にすごい役者根性だ。

役者根性といえば、「俺の家の話」の長瀬智也さんは、本当にプロレスラーにしか見えなかった。なんでも十二キロ体重を増やし、ジムで体を鍛えに鍛えたそうだ。リングの上でのプロレスの演技も、スタントマンなしで、相当のことをやっている。そのカッコいいことといったら！　そのうえ能楽師の長男という設定だから、突然正座をして謡《うたい》を始める。本格的な声だ。役者さんってここまでやるものかと感動してしまった。

そうしている最中に、坂本スミ子さんの訃報《ふほう》が届いた。坂本スミ子さんといっても、今の若い人は知らないに違いない。ラテン歌手として大変な人気を博していた。そして女優としても、今村昌平監督の「楢山節考《ならやまぶしこう》」に大抜擢された。ここで山に捨てられる老婆に扮するため、健康な歯を四本削って世間を驚かせた。その甲斐あって「楢山節考」は、カンヌ国際映画祭でパルムドールを獲得するのである。

まだ坂本さんは四十代だったのだから、歯を抜かなくてもよかったのではないかと思うのであるが、この映画に命を懸けていたに違いない。

やっぱり何かなしとげるには、自分のカラダを変えるくらいの根性がなくてはなあ。せめてダイエットをちゃんとしなくてはと思いつつ、明瀬山の強さを思い出し、

「ま、いいか」

と干し芋に手を出す私である。

本の未来

コロナでみんなの心がギスギスしている。

また不倫の吊るしあげである。いくら奥さんが有名人だからといって、ベンチャーのお金持ち社長だからといって、プライベートのことをこんなにさらされていいものであろうか。それをまたテレビが叩く。

そしてその人のプロフィールを詳しく説明した後は、

「こんなこと取り上げなくても」

「夫婦の問題だから」

とコメンテーターたちはしたり顔。それならば放映しなければいいのにと思う。大きな事務所のタレントだと、全くの無視を決め込むくせに、ターゲットを、有名人の夫にまで拡げたのかと思うとイヤらしい。

不倫狩りの次は言葉狩りで、東京オリンピック・パラリンピック大会組織委員会会長の森喜朗さんにいっぺんにとびかかった。まあ、あの女性蔑視《べっし》の発言はなんでこんな時にこんなことをと耳を疑った。確かにマズい。しかし今、トップが辞められるわけないでしょう。

オリンピック実現と森さんを叩くのとは別の問題。

「昭和の年配の人が、こんなこと言って仕方ないなあ。全く時代遅れだよなあ」

と個人的にムカッ腹をたてるのは平成までで、令和になるとみんないっせいにSNSで牙をむく。本当にイヤーな時代になったと思わずにはいられない。

さて、何カ月か前のこと、ある賞の選考会があり、その後食事となった。コロナがこれほど蔓延する前のことであり（ちゃんと断っておかないと）七人ほどの小さな会だったので、ふつうの割烹料理店の座敷でくだけた夕食になった。

その際、私はそこの出版社の社長にこんな世間話をした。

「私の担当編集者のA子さんが、おたくの社員さんと結婚するみたいですよ」

「へえー」

三人ほどいた、その会社の人が話にのってきた。

「しかも彼女は、お金持ちの社長令嬢ですよ。○○○社の社長」

「へえー、本当ですか。うちの誰だろう？　ああ、彼か」

皆が驚くので、私は調子にのる。

「こういうのって、逆タマですよね」

するとそちらの会社の重役さんが、

「いやいや、彼も地元で有名な地主の息子。ビルを幾《いく》つも持っています。決して逆タマじゃありません」

ときっぱり。むきになって面白かった。

などと帰って夫に話したところ、

「社員のプライバシーを、相手の会社の社長に言うなんてどういう神経だ」

と怒られてしまった。

「そもそも、そんな酒の席のタネにするなんて」

一般の企業のサラリーマンだった夫には、にわかに信じられない話だったようだが、これには私がびっくりだ。

出版社はどんなに有名なところでも規模が小さい。上の人たちも、みーんな社員のことをよく知っている。そもそも編集者というのは、会社の垣根を越えてとても仲がいい。一人の作家を中心に繋がりを持ち、結婚することも珍しくない。

編集者だけでなく、書店員さんや取次の人たち、パブリシティの会社の人たちもみんな仲よし。

「本を愛している」

という一点で結ばれているのだ。

だから私がこれからする話も、文春の人たちは決して気分が悪くならないはず。

所沢の角川武蔵野ミュージアムに行ってきた。

いやあ、想像以上にステキなところだった。丘陵地帯に突然出現する石づくりの巨大な建物。隈研吾さんの設計だという。

中は美術館、図書館と博物館などで出来ているが、松岡正剛さん監修の図書館が素晴らしい。選び方、並べ方に工夫を凝らしてあって、本が、

「読んで、読んで、私を手にとって」

と叫んでいるのだ。

昨年の紅白で「ＹＯＡＳＯＢＩ」が、ステージをつくって歌ったところといえばわかるかもしれない。角川の人が言うには、本好きのＹＯＡＳＯＢＩの二人は、一般人としてこの図書館を見て、ぜひここで歌いたい、と言ったそうである。さすがセンスがある。

この一帯には飲食店がいくつも入っていて今や地元の人たちのテーマパーク。その日も人でいっぱいだった。神社もある。

お昼は角川食堂でいただいた。

「週刊文春で絶賛されたカレーがあるので、ぜひそれを食べて」

そう「食堂見聞録」で紹介されたやつ。

社員の人たちが研究に研究を重ね、スパイスにこだわったのだそうだ。地元の野菜も

添えられてとてもおいしかった。

新しい本の可能性をめざしてのこのミュージアムを見て、私は胸がいっぱいになる。

「本はまだまだやれるかもしれない」

そういえば、今シーズンのドラマは、作家や出版社が舞台になったものが三つも。「ウチの娘は、彼氏が出来ない!!」「書けないッ!?」「オー!マイ・ボス!恋は別冊で」は、どちらも女性作家が出てくる。

「本当はこんなんじゃない」

と何度も思うが、これが世間の人のイメージかも。今は作家というと女性になる。ちょっと前までは、作家というと必ず和服の男性。そして銀座のクラブへ行き、「センセー、センセー」とママや編集者からちやほやされている。

そう！　渡辺淳一先生のイメージ。先生も以前、あるドラマを見て、

「あれはオレがモデルになっているのか」

と苦笑されていたっけ。

が、今は作家というと、若くキレイな女性がバシバシ書いている。素敵な部屋でパソコンに向かって。いいことである。

少しずつであるが、ちゃんと世の中は変わっている。時たま森さんのような発言があるが、あれは昭和の最後のあえぎなんだ。

森さん的なものについて

この原稿を書き始めたら、森喜朗さんの辞任が決まった。何だかイヤな一週間であった。

最初のうちは、森さんが陳謝撤回し、このまま事態は沈静化すると思われていたのであるが、日を追うごとにすごいことになった。ＩＯＣが突然〝手の平返し〟したこともあり、我も我もと皆がいろんなことを言い始めたのである。

このコロナ禍でギスギスした世の中では、池に落ちた人を叩くのはあたり前。そして誰もが自分は、叩くための石を有していると思い始めた。誰もがこの〝祭り〟に参加したがっている。

昨日まで大きな権力を持っていた政治家、元総理大臣。とんでもなくえらい人だったはずなのに、今は池の中であっぷあっぷしている哀《あわ》れな老人になった。そこに皆が石を投げる様子が、本当に怖ろしい。

私だってあの発言はとんでもないものだと思う。国際的な大会の日本のトップが、あんなことを口にしてはいけなかった。

実はこの私、オリンピック関連のいくつかの会議に出席したことがある。もしかするとあの時だらだら喋ったかも。まずいことを口にした記憶は……ある。私がそれを言ったとたん、場がさっとシラケたのだ。

「女性がたくさん入っている会議は時間がかかる」

という要因の中には、私も含まれているかもしれない。だからうんと不愉快になってもいいのであるが、驚きの方が先に立った。

「こんな本音を言っちゃって……」

私のようなもの書きならともかく、公《おおやけ》のトップに立つ人に本音はタブーだ。だから森さんはボコボコにされたわけであるが、その叩き方が異様である。

本気で怒っている人もいるだろうが、テレビのコメンテーターはもちろん、アスリートも芸能人も、ボランティアもとにかく石を投げなくてはという感じ。

女子テニス日本代表の大坂なおみ選手なんか、私はまだちゃんと読んでいないからわからないと言い、次の日「無知だと思うわ」ぐらいのことを口にしたら、たちまち「大坂なおみ不快感」とスポーツ紙が大見出しだ。とにかく「参加して」という感じ。

ボランティアを辞退した人がテレビであれこれ批判していたが、顔を隠したうえ音声も変えていた。正しいことを言いたいと思うのなら、きちんと顔を見せるべきではないか。

二階幹事長は、こういうボランティアを「このお調子者」と苦々しく思っているに違いない。顔にあらわれている。そのうえ、「冷静になったら考えも変わるかも」「また募集すればいい」と火に油を注ぐようなことを口にするからまたえらい騒ぎに。しかしまだ二階さんは池に落ちていないから、マスコミはおっかなびっくりだ。

森さんの方は、もう池から這い上がれないと見てみんな言いたい放題。先週の週刊文春は、森さんが出張する時、ファーストクラスだったと書きたてる。私が思うに「ファーストクラス」と「スイートルーム」は、一般人の心にむらむらと火をつける二大NGワード。この二つを出しておくと、利権をむさぼる悪い人、というイメージが出来上がる。

早大にコネで入った、という記述はかなり気の毒。今だって、優秀なスポーツ選手は特別枠がある。それで入ったということであろう。

二階さんという強力な傍役も出てきて、森さんは巨大な悪の権化となってしまったようである。テレビを見ていると、

「この世にはびこる森さん的なものをどう排除するか」

とまで話は拡がっていく。

森さんは絶対的な権力を持ち、まわりは自分の力で出世させた者ばかり。だから誰も何も言えないんだと。

そんな人、芸能界にいくらでもいるじゃないか。

ワイドショーのMCの女性が、大きな瞳をうるませながら画面に向かって言う。

「世の中には、森さんのような人がいっぱいいます。多くの人たちがそれによって、どれほどつらい思いをしていることでしょうか」

私はなんだかムカムカしてきた。

「アンタ、どの口で言ってるの!?」

彼女の番組は視聴率が非常に悪いのだが、絶対に降ろされることはない。なぜなら芸能界のドンと呼ばれる、彼女の事務所の社長が後ろにひかえているからというのは有名な話だ。

と、ここまで書いて、ふとある考えが頭をよぎる。

人々は今、根こそぎ社会を変えたいのではなかろうか。今までの価値観をがらっと崩したいのではなかろうか。

コロナでこんなにつらい思いをしているのに、政府のしていることは後手にまわり、結局たいして役立っていないではないか。

曲がりなりにも平和で穏やかな日常があったのに、コロナがはびこり、死がそれほど唐突なものではなくなってしまった。

とにかく世の中を大きく変えたい。

それが具体的に何なのかよくわからないが、世の中にはびこっているもの、力を持っているものを無くしたい。

ゆえに古くさいものは許さない。それが澱《おり》のようになって、今の世界をうまくまわしていかないのだから。

そのためにも老人は一日も早く去ってほしい。老人さえいなくなれば、世の中はうまくまわり出す。

そういう考えが気体のように、今、世の中に充満している。その最中に失言したばかりに、森さんは排除すべきものの象徴になった。

森さんや二階さんは、いずれ去るだろう（失礼）。が世の中はちゃんと変われるのか。

メンバーはいるのか。

ミッツ・マングローブさんはいいことを言っている。

「あらゆる『時代遅れ』と共存しながら前進するのが時代の常であり務めと言えるでしょう」

それをいきなり〝抹殺《まっさつ》〟とは。性急さばかりでは前進は出来ないはず。

自主隔離

外食をする時はゲームのようになる。

とにかく八時までにご飯を食べなくてはならない。アルコールは七時まで。これをきっちり守っているところは多くて、先日は六時四十分にホテルのコーヒーハウスに着いたところ、

「七時でアルコールは終わります」

つれない言葉。

呑んべえの友人など、

「ワイン、ボトルで。その前にビール一緒に持ってきて」

と注文していたっけ。

時計を見ながら食べるから気が気ではない。七時五十分ぐらいになると会計伝票が渡される。八時きっかりに店を出て、さあ、もう一杯と思っても外は真っ暗。バーもスナックも閉店しているのだ。

最近は五時や五時半から、夜の営業をしてくれるところも増えている。ゆっくり食事をして帰ってきても、まだ八時半とか九時。おかげで夜が長くて得をしたような気分になる。

こんなコロナ禍にあっても、私の友人たちはポジティブそのもの。

「ハヤシさん、一緒にレッスンしましょう」

と中国人のA子さんに誘われ、三十年ぶりにゴルフの稽古を始めた。A子さんは五十代半ば。この年代の方は、文化大革命で苦労して、若い頃何の楽しいこともなかったという。

「だからこの年になって、ゴルフとスキーを始めました。もうこんな面白いことがこの世にあったかって感激したわ」

ゴルフのレッスンを始めて二カ月後には、もうコースに出て、このあいだは沖縄での写真がスマホに送られてきた。早い春の陽ざしの中、クラブを握って微笑む彼女がいる。

「コロナが収まったら、海外でプレイしましょうね。きっとよ」

実はもう海外に遊びに行っている人がいる。

昔から仲よしのBさんは、長く航空会社やホテル業界にいて、今はリタイアの身の上である。彼は昨年末、タイのバンコックに行きたくて、行きたくて、どうしようもなかった。その結果、あちらで二週間、防疫のために隔離生活をすることを選んだのである。

まずは日本の指定クリニックでＰＣＲ検査を受け、陰性を確認してから出発。バンコックでは検疫はなく、そのままホテルに入ったという。

隔離用のホテルは百二十カ所ぐらいあり、十五日間で下は十万円から、上は百万円近いとのこと。彼の宿泊先は名の知れた外資のホテルだからそこそこ高いかも。

彼から次々と写真が送られてくる。屋上に四十分だけ出ることを許されて、空気を吸っている様子、窓からの美しい夕陽。

それがある時から怒りの写真に変わった。ホテルの弁当がひどいというのだ。確かに白いご飯と、茶色のぐちゃっとしたおかずだけ。お肉を煮たものらしい。

腹に据えかねた彼は、アメリカにある、ホテルチェーンの本部に電話した。そうしたら次の日から、鮮やかで豪華なお弁当に変わった。おかずも別の容器に四種類あっておいしそう。総支配人からおわびの印にと、フルーツバスケットも届いたという。

そしておととい、やっと〝出所〟ということになり、バンコックの風景や建物の写真が送られてくるようになった。南の国の春節の様子だ。それを見ていると、本当にいいなあーと思う。ほんの数日でいいから、日常から脱皮出来たら、どれほどせいせいすることか。

今、私の仕事場は本や資料で埋まり、にっちもさっちもいかないことになっている。こんな時は、ホテルに閉じ込もりたいよな。清潔で何もない静かな部屋で、机に向かったら、今とりかかっている長編もすらすら進むに違いない。

などと考えていたある日、帝国ホテルが、一部の部屋を貸し出すというニュースが流れてきた。一カ月三十六万だというからびっくりだ。すぐに申し込もうと電話をしたら、ずっとお話し中になっている。

親しい編集者と話していたら、彼も借りようとしたが、ひと足遅かったとのこと。

「あの帝国ホテルが、一泊一万円ちょっとで借りられるなんてすごいことだよねー」

サラリーマンの編集者といっても、彼は年くってて、管理職の立場なのでお金はあるらしい。

そんな折も折、ショックなことが。九段のホテルグランドパレスが、近々休業するというのだ。グランドパレスといえば、金大中さんが拉致されたことで有名であるが、独身時代長いこと私のカンヅメ用ホテルであった。いろんな出版社と近くとても便利だったし、食事もサービスもよかった。料金もリーズナブル。

あそこにいったいどのくらいいただろう。

昔はどこの出版社も資金が潤沢《じゅんたく》で、作家にお金を使ってくれた。カンヅメといって、〆切り間近になっても原稿がはかどらない作家を、一種の隔離状態に置いたのである。費用は出版社持ちで、ルームサービスも自由に頼める。が、すぐに飽きるし値段も高いので、私は近くのラーメン屋さんやお鮨《すし》屋に出かけたものだ。

そのうちに便利で快適なホテル生活がすっかり気に入り、いつしかグランドパレスに長く居座るようになった。

出版社が一週間カンヅメ用にとってくれた部屋に、今度は自分のお金で二週間続けて滞在。それが一年に何回も繰り返され、出る時は季節が変わっていたこともある。

あのグランドパレスがなくなるとは……。

が、私には最近目をつけたホテルがある。青山に開業したプチホテル。まずはあそこに三泊ぐらいしようかな。

ちなみにこの原稿を書いているのは、文藝春秋の会議室。文藝春秋には地下にカンヅメ用の小部屋があった。その名も〝残月〟。ここにもいたことがある。人生いたるところ隔離場所あり。私はきっとコロナのホテル隔離にも耐えられるだろう。自信がある。昔から慣れているのだ。コロナでいろんな記憶がたぐり寄せられる。

美食と恋と

総務省のえらい人が、東北新社から接待を受けていた。その中の一人の飲食代が、七万円を超えていたというので大変な騒ぎとなっている。

「七万円なんてどこへいったんやろね」

と辻元清美さんが言い、世間もびっくりしている。

私も驚いた、というとウソになるかも。ステーキ店や河豚《ふぐ》屋でそのくらい支払った経験があるからだ。しかし最近のレストランガイドブックを眺めているうち、ひぇーっと叫んでいた。人気のお鮨屋や和食屋は、三万か四万円からがあたり前。昔、一人二万五千円ぐらいだったと記憶している某和食屋は、一人七万円とあった。十二万円と堂々と記してあるところもあり、これにはたまげた。

その点高いワインを頼まなければ、フレンチやイタリアンは比較的リーズナブルである。法外な価格設定はしていない。お鮨屋と和食屋がすごいことになっている。魚の値段が高騰しているのだろうか。それともマグロの値を誰かが釣り上げているのか。

ところで先週お話しした私の友人は、ひとりでタイの旅を楽しんでいる。毎朝二十点以上の写真が届く。今は南の方にいるらしい。夕陽が刻々と色を変えるさまも撮って送ってくれた。それから「スシヤ」と称する店の、ものすごくユニークな鮨も。

パソコンで先週の週刊文春も読んで、自分に関する文章も目にしたようだ。それならばと、さらに詳細なレポートを送ってくれるようになったのである。

その中にこんな記事があった。一月にタイを訪れた外国人観光客は七千人以上。そのうち日本人は六十四人だけ。

「だから僕は、六十四分の一、ということになります」

彼は書いてくる。南をまわり、バンコックに戻って、三月の半ばに帰国するのだそうだ。帰るとまた二週間の自主隔離となるそうであるが、それを考えてもタイの旅は楽しいらしい。しかも安上がり。

バンコックの超一流ホテルの価格表、二食ついてツインの広い部屋で二万九十六円！ワンランク落としたホテルだと、六千円だそうだ。

どうやらコロナという結界の中に入り込むと、いろんなものの価格が下落するらしい。私たちがまだ足を踏み入れることが出来ない異国の中は、今静かで面白いことがたくさん起こっているようなのだ。

もう一人、私にたくさんの写真を送ってくれる青年がいる。コロナ禍で急に登山に目覚めたようで、東京に近い低めの山に登っている。神社があると必ず祈ってくるようだ。

「癒《いや》されます！　本当に身も心も綺麗になります」

自分で言うのもナンであるが、こうしてＬＩＮＥやメールを送ってきてくれる若い男性は何人かいる。

一緒にいると私は愉快なおばさんだと思う。おいしいものをご馳走してあげる。そして彼らの結婚相手にも心を配り、若い女性を紹介してあげたことも一度や二度ではない。なついてくれて当然であろう。

最近池田理代子さんから第一歌集「寂しき骨」が送られてきた。こっちの方が、七万円の食事よりもはるかに驚いた。「ベルサイユのばら」で名高い池田さんであるが、歌人としてもすごかったのである。河野裕子短歌賞の選者もしているというから実力はハンパではない。

それと同時に、歌集に収録された、ご自分のご結婚のことを赤裸々に書いたエッセイにもびっくりだ。

池田さんがこの十年、二十五歳年下のバリトン歌手と、事実婚をしていたのは知っていた。相手の男性もよく知っている。才能ある気持ちのよい青年だ。チャリティーパーティーで、お二人に歌っていただいたこともある。

このことは一回週刊誌に「池田理代子還暦の恋」と載ったことがあったが、世間のほとんどの人は別の方が配偶者だと思っている。私も池田さんは、そのあたりのことはシークレットにしていくのだなあと思っていたから、今度の本は意外であった。

「彼と出会ったのは、私が六十歳の時」

「その時一目で恋に落ちていたのだろう」

という書き出しがすごい。なんでも、彼のために年上の友人になろうとしたのだが、ついにそれに耐えられなくなって、心を打ちあけたところ、

「僕もあなたが好きですよ」

彼も理代子さんに惹かれていたのだ。素敵な話であるが、私にとってはやはり驚嘆《きようたん》以外の何ものでもない。

池田さんとは女としての魅力も体力も違いすぎるから比較は出来ないのであるが、私が六十歳の時、三十五歳の男性に恋心を持てるかといえば、やはりあり得ないこと。イケメンで性格がよい男性であったら、

「お嫁さんを探してあげなきゃ」

とそちらの方に心がいく。まあ、あちらも私にそんな気持ちを持つはずもないが。

池田さん、やっぱりすごいよなあ。七十過ぎても華やかで美しく、今度は短歌という世界で才能を花開かせていく。

そういえば、河野景子さんも五十七歳で再婚なさるとか。あれくらい綺麗なら別に不

思議ではない。それに五十代と六十代とではインパクトが違うしな。

会食の件から、話が中高年の恋にいってしまった。

この頃、緊急事態宣言の解除も近くなりぼちぼちと会食の予定が入り出した。もちろん一人七万円などというところにはいかないが、話題のおいしいところに早く行ってみたい。コロナによって、人は気づかぬうちに漠然とした価値観をつくり出してきたのではなかろうか。私の場合は、色恋なんてとんでもない。やはり最重要事項は食い気なのである。が、年とったから焼肉やフレンチはちょっと……お鮨か和食がいいが、人気のところはこの価格。なにか腹が立ってきて、それでも電話して、またいらつく。どの店も込んでいて、予約なんかまるで不可能なのである。

十年

その日私は、緊張して早起きしてしまった。久しぶりの講演会のうえ、行くところは宮城県の石巻市なのである。

今年は東日本大震災から数えて十年という節目の時だ。その一週間前、

「こんな時に呼んでいただいて……」

と仙台駅で迎えてくれた新聞社の人に言ったら、

「いいえ、宮城はコロナの感染者数が少ないので」

と別の風にとらえていた。赴任して二年というから無理はない。

仙台駅からタクシーで石巻に向かう。次第に私の中で、いろいろな記憶が甦ってきた。

初めて石巻に行ったのは、二〇一一年の四月。ボランティアで避難所に行くグループに入れてもらったのだ。まだ声を失う光景が拡がっていた。

「あの時、海岸のあたりはずっと瓦礫《がれき》が続いていて、巨大な製紙工場が鉄骨だけになってすっと立っていました。あれは忘れようとしても忘れられません」

という私の会話を、タクシーの運転手さんが聞いていた。

「あの製紙工場は再開していますよ。まわって行きましょうか」

と声をかけてくれた。

「お願いします」

ゆっくりと走ってくれたのだが驚いた。全く当時の趣がない。あたりには住宅地がなく、あるのは製紙工場と公共の建物、そして海産物の倉庫。ブルドーザーがやたら多いのは、このあたりを公園に整備しているからだそうだ。

その向こうに石ノ森萬画館がぽつんと見える。十年前は萬画館に行く途中は、一階が水に浸った商店街であったが、今は移転してしまったという。

門脇小学校は、震災の遺構としてそのまま残っていた。このあたりにも何回か来た。家がまるごと潰れて、中にあったものが小山をつくっていたっけ。山の上にぽつんと子どもの上履《うわば》きがのっかっていて、見ているうちにつらくなってきたものだ。

が、当然のことであるが、小学校の前は整備され、綺麗な平地になっている。しかし人口はまだ戻っていないと、新聞社の人は教えてくれた。私は話を続ける。なんだか次第に昂ぶってきた。

「私たちは十年前、自分たちにいったい何が出来るか、って毎晩のように話し合ったんですよ。そして作曲家の三枝成彰さんが中心になって、ささやかなボランティア団体を立ち上げたんです」

震災で親御さんを亡くした子どもたちに、寄り添うことは出来ないだろうか、親御さんの替わりをすることは出来なくても、東京のお節介なおじさん、おばさんになろう、という趣旨の「3・11震災孤児遺児文化・スポーツ支援機構」は、公益社団法人となって今も続いている。

昨年はコロナ禍で中止したが、今年も三月十一日、サントリーホールでチャリティーコンサートをすることになっているのだ。

その3・11塾の塾生の一人、A君から三月一日に電話があった。

「今日無事に卒業しました。今日高校の卒業式でした」

という報告であった。A君は前にもお話ししたと思うが、調理師志望の青年。私の知り合いの銀座のお鮨屋さんで、夏休みにアルバイトをさせてもらった。その時、親方に「甘ったれるな」とさんざんしごかれ、ものすごく自分が変わったという。彼は親方を慕《した》い、冬休みも、春休みもバイトのために上京した。そしてこの四月から、晴れて親方の元に就職するのだ！　嬉しいったらない。四月にこのお店のカウンターを予約した。

講演会に行くため、新幹線に乗っていたら、B子さんからLINEが。

「マリコさん、今日地元の新聞に写真出ていました。石巻に講演に来るんですね。私は仕事で伺えませんが」

B子さんは塾生ではないが親しくしている。被災した石巻市の中学校の校長先生から頼まれ、出張授業に出かけたことがある。その縁で、夏休みに何度か給食をつくりにいったのだ。それだけではない。校長先生からまた依頼が。

「東京に修学旅行に行く時、生徒たちをホームステイさせてくれませんか」

3・11塾のメンバーや給食をつくりにいったママ友たちで引き受けた。うちには二人の女の子が泊まってくれ、どちらとも今も交流がある。昨年の夏は三日間、B子さんと一緒に軽井沢で過ごした。二十三歳の彼女は、仙台でいったん就職したものの、昨年石巻の実家に帰っていた。お母さんを津波で亡くした彼女は、悩むこともあっただろうが、私がちゃんと相談相手になれたとは思えない。私は所詮《しょせん》「東京のお節介なおばさん」なのだ。

ボランティアをやっていると誰でも思うことだろうが、

「私って本当に役立ってるの、何かしてるの？」

と自問自答してしまう。こちらは被災していないし肉親も亡くしていない。人の心にどれだけ添っていけるんだろうかという疑問はいつも持っている。

活動をしながら、いろんなことを考えながらの十年であった。が、実際に被害に遭った方たちは、そんなものではないだろう。

今日はC子ちゃんからバイトのことでＬＩＮＥが。彼女は二十二歳。やはり石巻出身。

お母さんを亡くしている。会話の最後に、

「今年で十年だね」

と打ったところ、

「あっという間でした」

この後、何というべきかとても悩んでしまった。考えた揚句、

「よく頑張りました」とひと言。

そうしたら彼女から瞬時に返事が、

「ありがとうございます」

このそっけなさが彼女の今の気持ちだろう。

でもたいしたことは出来ないけどずっと見守っているから。

切り札

メーガン妃がアメリカ版「徹子の部屋」に出演して、思いきりイギリス王室の悪口を言っていた。

ものすごく不愉快になったのは私だけかと思っていたらそうでもない。まわりの人に聞いても、ネットの反応を見ても、ほとんどの人が、

「メーガン妃間違ってる」

という指摘。

そもそもバツイチで、アフリカ系アメリカ人の血をひくメーガン妃を、イギリス王室は寛大に受け容れたはず。エリザベス女王もとても気を遣われていたのが見てとれた。

メーガン妃は、実質二年間ぐらいしか王族として活動していなかったという。その間、プライベートジェットでアメリカに帰り、セレブたちと超豪華なベビーシャワーパーティーをやったりしていた。

美智子上皇后や雅子皇后の、長いご苦労を見てきた日本人としては、

「甘ったれるんじゃない」

という感じではないかと思う。

イギリス本国では賛否が分かれたというが、たぶん否の方が多いはず。高齢のエリザベス女王をみんな心配している。

しかしアメリカは違う。セレブが次々と声明を出し、

「気品と勇気ある行動」

とか讃えている。私からするとこれもなんか、嫌な感じだ。

私がメーガン妃を知ったのは、ネットフリックスの「SUITS」シリーズ。B級とまではいわないけれど、ハリウッドの一流女優からは離れたポジションであった。そんな彼女がサセックス公爵夫人になったとたん、有名女優や歌手、アスリートなどが次々と〝親友〟になり、結婚を祝っていたっけ。

まあ、こう言っちゃナンであるが、女性だったら一度は夢見るプリンセス物語。どこへ行っても人々は頭を下げ、花束を捧げる。楽しくなかったとは言わせないよ、メーガンさん。

しかしイギリス王室は思っていたよりも、窮屈で保守的だった。人々に頭を下げられるのも慣れてくればそう楽しくもない。夫をそそのかして公務はリタイア、カナダやロスに移住したのではなかったっけ。そしてトランプさんから「警備費は払わない」とか

言われもめたこともあったはず。

気づくと「ハリーとメーガン」は、わがままなわけのわからんカップルとして不人気に。そんな最中、突然の爆弾発言だったわけだ。

息子のアーチー君の肌の色をめぐってあれこれ言われたらしい。アメリカ版「徹子さん」は、「どういうことなの？」とつぶやき、メーガン妃は「どうだ」と言わんばかりのドヤ顔。

アメリカにおける人種差別の深刻さなど、お前になんかわからん、と言われればそうであるが、メーガン妃はあきらかに切り札を出した。「人種差別」という、誰も文句を言えない、最強のカードを。

この頃よく考えることがある。森喜朗さんの失言にどうしてあれほど多くの女性がいきり立ったのか。それは「女性差別」という切り札を自分が持っていることに気づいたからだ。

この「女性差別」というフィルターを通すと、世間の風景も過去の出来ごともまるで違って見える。どうして自分は今まで、じっと我慢をし続けていたのか、どうしてあの時、自分は声をあげなかったのか。その無念さ、口惜しさが、「男性」で「権力者」である森さんにぶっつけられていったのだ。

こういう女性差別問題は、朝日新聞にとっては鉄板ネタ。大キャンペーンが組まれたのも無理はないし、今でもＡＥＲＡなんかでぐじぐじやっている。

子どもの時から半世紀以上愛読している新聞だし、今も夫の迫害にもめげず購読している私であるが、「もうヤダ」と思ったことも何度か。

それは六年前のこと。市長さんに頼まれて北陸のあるところの市歌をつくった。市歌はご存知のとおり、自然や名物、祭りなどを取り入れなくてはならない。私は桜や地元の山を讃えこんな歌詞をつくった。

「御車山《みくるまやま》を曳《ひ》いてくる男たちのりりしさ　あなたの父も兄もいる」

そうしたらその三年後、男女平等をめざす女性のグループからクレームが入った。母とか女性が出てこない。特にこの箇所が男性優位を表して許しがたいというのだ。

はっきり言ってあまりの意外さに、最初は反論する気も起こらなかった。なぜならこのお祭りは男性だけが参加出来るものでしょ。見ている「あなた」は、女性のことを書いたつもりですと言ってももう遅い。そのグループは市の委員会に苦情を申し立てたよう。朝日新聞にも売り込んだ。夕刊のそこそこ大きな記事になったと記憶している。

取材を受けた私は、すっかり嫌気がさし、

「どうぞ、続きの歌詞を書いてください。女の人がいっぱい出てくるやつ。私がいくらでも手直しなりなんなり、やらせていただきます」

ということで、市歌の歌詞が公募され、四十ぐらいの作品があがってきた。なかなか

高いレベルであった。が、そこにも「母」や「女」という文字はなかったのである。私は講評でそのことに触れ、

「文化とイデオロギーとはやはり違うんですね」

と言ったけれど、このくらいの嫌味は言ってもいいのでは。

ちなみに私は夫婦別姓賛成であるが、反対しているからといって丸川珠代五輪担当大臣を魔女狩りみたいにする朝日新聞はいかがなものか。

「夫婦別姓」や「女性差別」を切り札にして、今、世の中に粛清《しゅくせい》の嵐が吹き荒れている。が、こちら「週刊文春」にも、〝セクハラ〟や、〝接待〟の切り札を握った人たちが情報を寄せているわけだ。

日本は穏やかにコトを済ませるのをよし、とする風土があったはず。まあまあ、そうは言ってもうまくことをおさめましょう、なんて口にしたら、それこそ叩かれる。こちらも反撃の切り札を用意しとかなくてはと考える今日この頃である。

めんどうくさい

三十年にわたり、私の秘書を務めてくれていたハタケヤマが、定年をもって退職することになった。

喜びも悲しみも共にしてきた彼女がいなくなるというのはまことに寂しい。

昨年のこと、編集者の一人が、

「ハヤシさん、おたくの近所に、すごく本好きのCAが住んでるんですよ。二十五歳です。今度、遊びに連れていってもいいですか」

「そのうちにね……」

などと言っているうち、編集者が突然山梨の「まるごと林真理子展」に彼女を連れてきた。

控え室で話をするうち、コロナ禍でほとんど仕事がないという。

「もともと私、CA向いてないんですよね。飛行機酔いするし、毎回チームの顔ぶれが違う人間関係も苦手だし」

だったらうちで働いてみる？　ととんとん拍子で話が進み、三カ月の見習いの後、四月一日から正式な秘書となることになった。

しかし私はつい最近まで彼女の顔を知らなかった。ずっとマスクをしていたので、涼し気な目だけが見えていた。

ついこのあいだ一緒にお昼をとり、初めて顔を見た。

「ふうーん、こういう顔だったんだ」

とても大人っぽい綺麗な女性であった。ハタケヤマもそうだが、やっぱり美人秘書はいい。

さて私も長いことこういう仕事をしているが、今、世の中が大きく変わろうとしているのがはっきりとわかる。

森喜朗さんの「女性蔑視発言」から始まった、

「人を差別してはいけない、おとしめてはいけない」

というムーブメントは、大きなうねりとなった。私は森さんに対するいっせいバッシングが非常に不快でここにも書いたが、あれによって大きな流れが始まったのは事実だ。

それは「人種差別」の確認となり、「同性婚」の勝利となり、そしてとうとう「容姿による差別」へ、今人々の意識がいこうとしている。

渡辺直美さんが五輪開会式に出る予定になったら、容姿をからかうようなＬＩＮＥが、演出側から送られたという。これは大問題となり、責任者が早々と辞任してしまった。おそらく森さんの二の舞を演じまいとしたのであろう。

彼の中には、

「太ってるのを強調する服を着てダンスをしている。それをネタにしていじられているじゃないか。何が悪いんだ」

という思いがあったに違いない。

それが今の時代の空気からまるではずれているということに気づいていないのである。渡辺直美さんはとても愛らしくてチャーミングだ。もし太っていることを強調する服装や動きをすることがあっても、それは自分が考えた演出。他人がそれに便乗するようなことがあってはならない。

ふり返れば、私がこの〝差別〟に気づいたのははるか昔のこと。ある日バイト雑誌で「女子大生募集」という文言を見つけた。

あちらが求めているものはわかってるではないか、と思ったものの、日給のよさに目がくらみつい面接に行ってしまった。

が、応募者は私を含めて二人しかおらず、すぐに採用となった。仕事は住宅展示場の案内と清掃という、別に可愛さや美しさを要求されないもの。

これなら大丈夫と安心したのもつかの間、三日めに綺麗な女の子が応募してきた。す

ると男の担当者から、

「三人もいらないから君、悪いけどやめてね」

と言いわたされたのである。

つまり当時は、職務に関係なく現場の男性の、

「カワいい女子大生と仕事しようぜ」

という希望が安易にかなったのである。

これで怒ったり悲しんだりしたら、私は将来物書きにはなりません。

「世の中って理不尽だけど面白いなー」

と思ったのを記憶している。男子高校生みたいなことを、大人の男が堂々とする。世の中はこういう風に差別されるんだなあとはっきりとわかったのである。

そうした面白さをデビュー作に込めたつもりであるが、まあ、叩かれたことといったらない。私が初めてこういうことを書いたこともある。

「ブスのくせに出しゃばって」

という言葉をどれほど浴びせられたことか。

あの頃はモラルもへったくれもなく、みんなやりたい放題。

赤塚不二夫先生には、ものすごく下品な漫画を描かれ、女性の権利と誇りを守ってくださるはずの上野千鶴子先生にも、ご著書の中で「ブス」と何度も呼ばれている。

はい、すみませんねぇ……。

「いっそのこと、デビューの時にばっちり整形しとけばよかった」

と仲よしの男性編集者にこぼしたら、

「アンタの頃は、技術が進んでないから悲惨なことになってたよ。だから我慢しな」

だと。

私としたことがグチが長くなってしまったが、「容姿差別」は、非常にデリケートな問題だから気をつけた方がいい。なぜならたいていの女性が、自分の容姿に対して自信を持っているからである。たとえ美人でなくても相当の魅力があると信じている。だから女性芸人も堂々と自虐的なネタをふる。それを真に受けて図にのったから、渡辺直美さんのようなことが起こったのだ。

そして差別を表向き封印したところで誰でもブサイクよりイケメン、美人が大好き。口にしてはいけない本音、容姿差別はいちばんめんどくさいものかも。

それにしても、仲間うちのＬＩＮＥのチクリ、本当に怖いですね。

さらされて

朝起きたら、友だちからＬＩＮＥに桜の動画が入っていた。その綺麗なことといったらない。友だち二十人くらいに送る。するとしばらくたってから返事がくる。

「春ねぇー」

「素敵な動画ありがとう」

これはまさしく釣りの気分である。楽しい動画や写真という〝エサ〟をまいておくと、三十分後ぐらいに、いっぱいかかってくる。これがうれしくて、コロナ禍でどこにも行けない時は、毎日いっぱいやっていた。

昨年のあの頃私のところには、たくさんの動画が送られてきた。それをセレクトして皆に送るのだ。

「ハヤシさんのおかげで、自粛中慰められた」

という人もいれば、

「合成のフェイクじゃん」

という注意もいただいた。いずれにしても、私が無類のＬＩＮＥ好きなのには変わりない。

一回会って、ちょっと気が合いそうならＬＩＮＥを交換する。これは現代においては友情のあかし。昔、男性たちが煙草の火を貸し合ったように。そして一回みなで会って、すごく盛り上がると、ＬＩＮＥグループをつくる。これは近年、子どものいじめの温床となり、ママ友とのトラブルを招いているらしいが私たちの年齢になるとどうということもない。桜の動画のように、季節の折々を伝え合う。

ところがこのＬＩＮＥが、実は問題ありだったらしい。中国の会社で閲覧可能になっていたとか。先日社長がおわび会見をしていた。

そういえば……と私は思い出す。

官僚の何人かはＬＩＮＥをしていなかったっけ。意識高い系の物書きの友人たちも、

「ＬＩＮＥはやめといた方がいいよ」

と忠告してくれたものだ。しかし、

「見られて困るようなことはしていないもん」

と相変わらずずっと使い続けていた私。この私がたとえ、政府の悪口を言っていたとしても、何の問題もないでしょ。

私のまわりでは、ＬＩＮＥもやらないがスマホも持たない、という人がかなりの数い

る。スマホのシステムが嫌いだとか何とか。そんなわけで私は、スマホの他にガラケーを持っている。なかなか新しいものを持ってくれない友人が何人かいるせいだ。ふだんは使わないで置きっぱなしにしていることも多い。充電もしょっちゅう忘れる。

そんなある日、ガラケーにこんなメールが。

「ヒロさん、どうして連絡くれないんですか。こんなことは、今まで一度もなかったのに、いったい何があったんですか」

親切心を起こした私はこう返した。

「間違えてメールしたみたいですよ。ヒロさんではありません」

するとすぐに返信が。

「ありがとうございます！　でもどうしてそこにいったんだろう。不思議だな。あの、僕〇〇〇〇と言って、結構テレビに出ているんですけど知りませんか。間違ってメールしたみたいだけど、どうしてこうなったか教えてくれませんか」

〇〇〇〇だって！　もちろん知ってる。大人気のイケメンのあのコですよね。わー、こんな間違いってあるんだ。さっそく返信しよう……。

が、さすがの私でも気づく。〇〇〇〇が、ガラケー使ってるはずないだろう。自分で名乗ることはないだろう。

今どきガラケーは、ジジババしか使っていないと、すっかりナメられているらしい。

毎日のように、手をかえ、品をかえいろんなメールが。

「△△さん（有名なパフォーマンスグループのリーダー）の誕生日についてみんなで相談したんだけど返事くれない」

こういうのにうっかり返事をすると大変なことになるらしい。そのうちに、

「当選おめでとうございます。あなたの口座に、一千万円が振り込まれることになりました。口座番号を教えてください」

こんなのはすぐにわかるとしても、最近はものすごく手が込んできた。

「マスコミの報道でもご存知のように、最近芸能人の自殺が多くなっています。彼らはとてもストレスを抱えていて苦しいんです。どうか話し相手になってやってくれませんか、お願いします」

これにはかなり心ひかれたが無視した。そのうち不実な私をなじるように、

「今、手首切っちゃったよ。血って赤いんだね」

「どうして返事くれないの。僕が死んでもいいの？」

私はちょっとぐらいなら相手をしてあげてもいいと本気で思っている。どんな要求をしてくるかも楽しみだ。しかし夫は、

「バッカじゃないのか。そんなことをしたら君の友人の情報が抜かれるんだ。自分はいいとしても、いろんな人に迷惑がかかるんだ」

ということで、これらのメールは見るだけにしている。

さて話は変わるようであるが、人と食事の約束をするとする。あちらからは食べログの情報が入ってくる。すると住所だけでなく、一人前のお値段もしっかり入っているのだ。ご馳走になる場合、

「えー、こんなすごい値段なんだ。申しわけない」

と思うこともあれば、

「えっ、案外リーズナブルじゃん」

と思うこともある。全く余計な情報だ。余計な情報といえば、初めてどなたかに会う場合、私はウィキペディアを見ないようにしている。私についての情報もそうだが、かなり間違いが多いし、なんだか相手に失礼な気がするからだ。が、たいていの人は違う。私の実家が本屋だとか、見合い結婚だとか、のっけから話題にしてくる。ちょっと複雑な気分。が、今日び、〝さらされ放題〟されてるという居直りがなければ、どうして暮らしていけるだろうか。私ってアブないですかね。

梅と桜

ふと甦った光景がある。

それは中学校の卒業式。本当に寒かった。

山梨には珍しく雪が降っていた。

あの頃、卒業式の送辞とか答辞は、梅という言葉から始まった。

「梅の花もほころび、はやお別れの時がやってまいりました……」

そう、卒業式は梅だったんだ。

それが今や、森山直太朗さんの「さくら」である。この名曲は、卒業式の定番として、今年も多くの学校で歌われたに違いない。「カロリーメイト」のCMにも使われていて、あれを見るたび瞼《まぶた》が熱くなる私。

生徒役が、名子役加藤清史郎君だと最近知ってびっくりした。何よりも先生がいい。いかにもどこの地方高校にも必ずいる、真面目な生徒思いの先生。

芸人さんだそうだが、私はこういうCMを見るたびに、キャスティングをした人の眼力とセンスに感服せざるを得ない。いくら人気があっても、中年のイケメン俳優をここで使うと、ウソっぽくなるのを知っているのだ。

寄り道が長くなったが、「さくら」の中で歌詞はこうなる。

「さらば友よ　旅立ちの刻《とき》……」

突然文語体になるのが、格調高いサビをつくり出す。これは「あおげば尊《とうと》し」の、

「今こそわかれめ　いざさらば」

を意識しているのだろう。

とにかく「さくら」は定番曲になり、卒業式は桜ということになったのである。

このあいだ東京国際フォーラムに出かけたら、どこかの大学の卒業式が行われていた。女性が百パーセントといっていいぐらい、袴姿だということに驚く。この風習はいったいいつ頃から始まったんだろうか。

私たちの時は、学生運動の残滓があり、ジーンズ姿で出席する学生もいたはずだ。今の学生はみーんな同じ格好をしてなぜか古典回帰。女の子は袴をつけ、男の子は全員スーツで文語体の歌を歌う。

今年の桜は、強い雨があったにもかかわらずしぶとく残っているところが多い。私の友人がよく写真を送ってくれる。ワンコの散歩の途中に撮った、桜や菜の花の風景だ。

「いいな、いいな。私も行きたいいな」

とLINEを返したら、

「明日の八時半、車でピックアップします」

とのこと。

翌日時間どおりワンコと来てくれた。愛犬は五歳のゴールデンレトリバー。こういう大型犬は、手間のかかり方がハンパではないはず。毎日たっぷりと運動させなくてはならないのだ。そのために彼女は毎朝車で、いろいろなところに連れ出すらしい。

うちから三十分ぐらいで二子玉川に着いた。駐車場に車を停め、ひたすら土手を歩く。

都心からこれほど近いところに、懐かしい風景が拡がっていたとは。まだ散らない桜の木が続き、その下には、菜の花、スミレ、タンポポ、ホトケノザが咲いている。

そして土手の上を、ちらほら小学生が歩いている。みんなよそいきの服を着て、新しいランドセルをしょっている。そう、今日は四月一日なのだ。四月一日という文字を見ただけで、希望と新しい力がわいてくるようだ。

スマホを見たら、三十近いお祝いメッセージが届いていた。

「お誕生日おめでとう！」

昔からよく、

「エイプリルフールがお誕生日なんてウソみたい」

と言われたが、本当にウソなのだ。何度かここで書いたとおり、私は三月二十九日か三十日に生まれたらしい。しかし親が区切りがいいということで、四月一日生まれにしてしまった。

四月一日生まれに不満はないが、占い好きの私としては本当に困る。

「いったいいつだったか、はっきり思い出して欲しい」

と母親に迫ったところ、

「そんな昔のこと、忘れてしまった」

とあっさりと拒否。その母も百一歳であちらに逝ってしまった。もう私の生まれた日を知る人はいない。当時小学生ぐらいだった従姉に聞いたところ、祖母の家の二階で生まれたのは憶えているけれど、日にちまではまるで思い出せないとのこと。

隣家の祖母の家は菓子屋で、住み込みの店員さんがいた。昔のことだから、祖母の家からお嫁にいき、その後も交流が続いている。もう九十近い。その人から最近時々手紙が来るようになった。

「真理ちゃん、ご出征おめでとうございます」

〝ご出世〟ということらしい。

私は彼女に手紙を書いた。

「私の生まれた日をご存知ないでしょうか」

が、やはり彼女も、私の生まれた日を記憶していないというのだ。

私はいったいいつ生まれたのか!? 現代の日本でこんなことがあり得るのか!? まあ、わかっているのは、愛情をたっぷり貰ったということだ。我慢しよう。

桜咲く河原に立つと、またもや遠い日の思い出が。ひなまつりの日は、お重を持って河原で遊ぶのが女の子のならわし。母はあれほど忙しかったはずなのに、美しい色どりの巻き寿司をつくってくれた。それからコタツで麴からつくった甘酒も。山梨のひな祭りは四月三日。それでも寒く、桜は咲いていなかったなあ。山梨の春は桃だったんだ。

ところで先々週、渡辺直美さんの「容姿差別」問題にからんで、上野千鶴子先生から、「ブス」とご著書の中で書かれたと綴った。その後上野先生から抗議をいただいた。「女ぎらい ニッポンのミソジニー」の中でおっしゃった『成り下がり』戦略」と「『ブス』戦略」とは、女性の立ち位置を示したもので私個人に向けたものではないというご指摘。何度も読み返すと確かにそのとおりでした。せっかく「林真理子」をきちんと論じてくださったのに読解力がなく失礼いたしました。

先生、今日は桜が綺麗です。

橋田さんのこと

思うように生きていくことは難しい。だけど思うように死んでいくのだって本当に難しい。

うちの父親は、ぐーたらな自分勝手な爺さんであった。毎日ボーッとテレビを見ているので言ってやった。

「お父さん、そんなに何もしないでいるとボケるよ」

すると、

「ボケて何が悪い」

と睨まれた。

「人間は年をとるとボケるようになっているんだ。だから死ぬ恐怖から逃れられるんだ」

その父親は九十二歳で亡くなったが、死ぬ二日前に私と弟を前にこう告げた。

「オレはもう充分に生きた。いいか、何もするなよ」

実はもうその頃、食べ物を受けつけなくなっていたので、医者から胃ろうをするかどうか、子どもたちは聞かれていたのである。

が、私たちが結論を出す前に、テレビを見ながらすうーっとあの世に逝ってしまった……。

反対にしっかり者の母は、ボケることを何よりも怖れていた。短歌にいそしみ、クロスワードパズルに精を出した。

「世界で一番難しいクロスワード・パズル」

というドリルを買って持っていったら、英和辞典片手に解いていったほどだ。

母は百歳まではちゃんとしていたが、その後の一年はかなり悲惨なことになってしまったっけ。

そこへいくと、先日亡くなった橋田壽賀子先生は、思うとおりの最期を迎えられたのではないか。可愛がっていた泉ピン子さんに看取られて、すうっと眠るようにあちら側に行かれたと聞いて、思わず安堵の涙が出た。

橋田先生とは、業界が違うし親しかったというわけではない。昔は正直言って、「エラくてコワい人」と思っていた。しかしご発言を聞き、たまにイベントや対談などでおめにかかると、いつしか卒直なお人柄に魅せられていった。人生をスパーッと切っていく様子に、なんともいえない爽快感がある。そしてたくまざるユーモアも。とてもチャーミングな方であった。

最後におめにかかったのは、昨年の二月、私がレギュラーでやっている週刊誌の対談である。とてもお元気で、いつもながらの小気味いい語り口調であった。話題の〝安楽死〟についても触れられ、

「私みたいに身寄りのない者にとっては、ああ死ぬのがいちばんなのにね」

としみじみとおっしゃったのを憶えている。

やがて帰りしなに、

「あなたが以前、送ってくださった干し芋がとてもおいしかったわ」

それは茨城県で友人の実家がつくっている。サツマイモを丸ごと一本干したものである。そのおいしさといったら、もう市販のものは食べられないほどだ。しかしおそろしく手間がかかるので、大量にはつくれない。しかもそのほとんどは私が買い占め、お世話になっている人に送る。橋田先生はかなり前のことを憶えていたらしい。

「それでは今年出来たら送ります」

と約束し、春頃一箱（五キロ）を熱海にお送りした。

そうしたら先生の、直筆の手紙が届いたのである。そこには干し芋がいかに甘くておいしかったか達筆で綴られていた。すっかり恐縮した私は返事を書いた。

「直筆の長いお手紙、家宝にしますね。お芋でこんないいものが。エビタイとはこのこ

とですね」

それから日をおかずまた先生から、家に手紙と焼酎がダンボールで届けられた。焼酎はまわりの人たちにも分け、あと二本だけ手元にある。

秋になり、文化勲章をお受けになった際、お花をお送りしたところ、先生からお礼の電話をいただいた。

「先生、文化勲章お受けになったんですから、もう安楽死なんておっしゃらないでくださいね」

冗談めかして言ったら、

「だけど、もういいわよー。早く逝きたいわよー」

などとおっしゃっていたが、次の作品の準備は始められていたらしい。

あれだけの仕事をやり遂げ、九十五歳まで書き続け、現役のまま、すうーっとあちら側に行く。なんと羨ましい終わり方であろうか。

自分が六十代後半になっていくと、それがどれほど希有で幸運なことかわかる。

私も頑張って体を鍛え、ボケ防止のために脳トレに励もう。毎晩ボーッとテレビを見る習慣をやめよう、などと考えると次第に気が重たくなってくる。

その時に、

「ボケて何が悪い」

という父の言葉が甦ってくる。そうだよな、どんな頭のいい人にも、立派な行いをした人にも、ボケは容赦なくやってくる。もうこれはあたりはずれというもの。せめてどこかの施設に入れるように、老後の資金を貯めておこう。えっ、もう老後か。そうか、まずいな……。貯金ちゃんとしとくべきだったな。

とりあえず今夜のおかずのことを考えようと、「沢村貞子の献立日記」を手にとった。そしてあることに気づいた。

沢村さんと橋田先生のご最期がそっくりだということに。

お二人とも愛する配偶者を失ってからも、海の見える町に住み続けた。老いても素敵に、しゃんとしていらした。

そして血はつながっていないけれども、娘のような存在の女性に手を握ってもらい旅立たれた。

黒柳徹子さんは、

「母さん」

と呼びかけ、泉ピン子さんは、

「ママ」

と叫んだらしい。

まさに理想の逝き方。安楽死なんかよりも百倍いい。橋田先生は「安楽死」を唱え、社会に一石投じたが、ご本人ははるかにいいご最期となったのである。

私はオバさん

イベントで初めて新国立競技場に行った時、びっくりしたことがある。それは男性トイレと女性トイレとの間に、性別や障害に関係なく入れるトイレが、ふつうに設置されていたということ。

「もう、こういう時代なんだなぁ……」

としみじみと思った。

これはとてもいいこととして、最近困ったことがある。男性トイレと女性トイレの区別が、どんどん小さくなっているのだ。

以前だと、男性マークは黒か青い色、女性マークは赤い色となっていた。が、これは最近、

「男女を区分けするもの。男性は黒、女性は赤という先入観を与えるもの」

として排除されつつある。

このマークの形にも差がほとんどなくて、かろうじて女性の方がスカートらしきもの

をはいているぐらいだ。老眼が進んだ目には非常にわかりづらい。何度も男性トイレの方に行きかけた……。

さらにトイレのマーク以上にいろんなことが進んで、かなり注意をはらわなくてはならない。長いこと週刊誌の対談のホステス、じゃなかったホスト（これもダメ？）をやっているが、急にタブーがいっぱい増えたことといったら。若い女優さんやタレントさんに向かい、

「結婚はいつかしたいですか？」

などと聞いてはいけないようになった。

あちらの方から、

「いつかは結婚もしたいです」

と言ってくれて、初めてこの話題に触れられるのである。

また今日び、結婚披露宴で、

「早く可愛い赤ちゃんを」

などとスピーチする人を見たことがない。よほど田舎のおじさんでもない限り、そんなことをしたら、見識のない人ということになってしまう。

「美人」といってもいけない。とにかく女性をあるカテゴリーの中に入れるのがダメなんだそうだ。「オバさん」などというのはもってのほかである。私の本の中で「最高の

オバハン」というのがあるが、あれは敬意をもってのこと。女性編集者が改題してくれたのである。

　ところで昨日のこと、ジャニーズのスターさんが主役をつとめるお芝居を見に行った。当然のことながら、観客の九十九パーセントが若い女性である。休憩時間、トイレの前は大行列、じーっと辛棒強く待つうち、後ろから遠慮がちな声が……。

「あの、おネエさん、ニットのタグが全部出てますよ」

　ふり向くと若い女の子である。私はとても感動した。後ろからでもオバさんというのがわかるはず。コートを脱いだ時に気をつけないから、ラベルが外にはみ出している。なんとか注意してあげたいと思う。でも何といって声をかけていいのかわからなかったんだ。

「オバさん」はいけないに決まっている。しかし「奥さん」でもないし、「お母さん」でもない。彼女が下した結論が「おネエさん」だったのである。

「ああ、ありがとう……」

　私は深い感謝を込めて頷いた。こういう心遣いは本当に嬉しい。

　そういえば昔、バブルの頃、日本舞踊を習っていた仲間で、お稽古帰りに着物のままでディスコに繰り出したことがある。その時、若い男性から声をかけられた。私ではなく美人のお師匠さんがである。

「オカミさん、オカミさん」

と呼んでいた。おそらく女将さんのことではないかと思う。

話がそれてしまったが、今はランドセルも、男の子用、女の子用とはしないそうだ。男の子でもピンクを持ちたい子がいるからだという。

新聞の投書欄を読んでいたら、年配の男性が孫の小学校入学の名簿を見て、

「どうして男女別にするのか。おまけに男子が先とはどういうことか」

と異を唱えていた。最近は男女を一緒にして、アイウエオ順にするところが多いと聞いている。が、「月《ルナ》」とか「海星《マリン》」とか男女の区別のつかないキラキラネームに、先生たちもご苦労ではないかと思う。

雌雄の区別をすることが、世間の流れに反するのはわかる。やがて〝異性〟という言葉もなくなるかもしれない。

コロナのせいで、出生率が下がったそうだ。出産することに不安やためらいがあるせいだと新聞は解説している。が、コロナのせいだけではないはず。今の若い人たちは、子どもを持つことにそんなに魅力を感じていない。それよりもリスクの大きさを考える。

だから年いった政治家は居ても立ってもいられなくなり、

「二人以上産んでもらいたい」

とか口を滑《すべ》らし、そしてボコボコに叩かれる。

「人はいろんな生き方があり、それを認める社会に」というのは正解であるが、その正解と「少子化対策担当大臣」というのは矛盾している。

私は女性が子どもを産まないのは一向に構わないが、将来年金をもらえないのは困る。日本がこれ以上国力が落ちるのは本当に困る。こういう人間にもわかるように誰か説明してほしい。ついでにワクチンがまるっきりまわってこない現状も。

かつてこの国はワクチンによる事故がいくつもあり、いつ訴えられるかわからない厚労省はびくびくしている。まるっきりやる気がないではないか。

与党も野党もワクチンのことはあまり論議しない、国民に我慢させることばかり強いてる。若者が外に出て、お酒飲んでるのは小さな暴動なんだ。

しかし辛棒にも限界がある。オバさんだって、いつか何かしちゃうからと本気で考えている。

ついこのあいだ

ストレッチをやってもらいながら、トレーナーさん（四十代）といろいろお喋りをしていた。

老眼が進んで……という話題となり、突然頭に浮かんだことがあった。

「そういえば、菊川怜ちゃんがお尻でふんづけていたメガネ……あれ、何ていう名前だっけ」

「そう、そう、渡辺謙さんが、〝字が小さくて読めない！〟って怒鳴っていたやつですよね。確か……ナントカルーペって言ってたような……」

さんざん二人で考えたのだが、ついに出てこない。近くにいた若いスタッフに、トレーナーさんが尋ねる。

「ねぇ、あのCM、いっぱい流れてた、ナントカルーペって、何て言ったっけ!?」

「ハズキルーペですか？」

そう、ああ、そうだったと二人で手を取り合って喜んだのである。

ハズキルーペといえば、流行語になったぐらい、朝から晩までテレビに流れていた。それが最近ほとんど見なくなった。おそらくものすごい勢いで売れたから、世の中に出まわってしまったのであろう。うちにもある。

菊川怜ちゃんの可愛いしぐさを見たのは、ついこのあいだのような気がするけれど、ときはあっという間に過ぎ、強烈な記憶さえ薄くしてしまう。

朝の八時、フジテレビにチャンネルを合わせると、さわやかな谷原章介さんのお姿が。アナウンサーの女性と、スタジオの真中に歩んでくる直前、スーツの衿元をビシッと立てる。なんとも素敵。

これと同じポーズを、歌舞伎の二枚目がよくする。お芝居の最中、着物の衿を正すのだ。

これから〝イイ男の時間〟が始まります、という合図だ。

谷原さんの前は、小倉智昭さんだった。毒のある個性で二十二年もMCをつとめられていた。この方以外にフジの朝の顔はいないと思っていたのであるが、おやめになるとどうということもない。昔から谷原さんだったという気がしてくる。世の中、こんなものなのかも。

菅さんがアメリカへ、バイデンさんに会いに行った。おとなしくて地味な二人。「ヨシ」という呼び名がこれほど似合わない人もいないかも。バイデンさんも、ふつうのお爺さんに見える。

ついこのあいだまで、この国にはトランプさんという怪物みたいなお爺さんがいた。自分勝手で尊大で言いたい放題。デタラメな外交をしていた。しかし国を二分するほどの人気があったっけ。

あの人はずーっと大統領でいるのかなと思っていた。そうでなきゃイヤというアメリカ人たちは議事堂に突入したりしたっけ。しかしやめてしまうとどうということもない。過去の負の大統領として淡々と語られるだけ。

この頃ふと考える。

忘れられていく人は消えていく人。人々の頭の中から消えていくということは、死んでいくのと同じこと。なぜなら思い出すきっかけさえつかめないのだから。

私たち物書きの世界は、もともと知名度の低い、細々とした世界である。しかし芸能界は違う。華やかで、次々とスターを送り出していく。その影響力の大きさ、人々の記憶への刻まれ方というのは、我々の業界とは比べものにならない。が、その分、はるかに残酷だ。

このあいだ新作映画の試写を見た。今が盛りの人気女優さんが競い合う話題作。しかしびっくりした。姑やお母さん役に初老の女性が出てくる。

「〇〇子さんじゃないの！」

ミステリアスな美しさで、ものすごい人気であった。それが呆けた姑役なんて悲し過ぎる。もう一人のしわだらけの貧乏なお母さんだって、主演映画が何本もあったんだよ。可愛くてセクシーな女性の代名詞みたいな時もあったんだけど……。私と同い年だと。涙が出てきそう。

このあいだ週刊誌のブックレビューに、山田邦子さんの新刊評が載っていた。今井舞さんのその文章が非常に面白かった。

タモリさんやビートたけしさん、さんまさんと時を同じくして、テレビバラエティの黄金期をつくり上げていったクニちゃん。

「もし山田邦子が、さんま、たけしと肩を並べるレベルで、『大物芸能人』の地位をキープ出来ていたら、この本はとても貴重なものになっていただろう」

ときついひと言。だが的を射ている。

山田邦子さんの全盛期は本当にすごかった。八年連続で「好きな女性タレント」ランキング一位に輝いていたのだ。今の女性芸人全部まとめてもかなわないぐらいのパワーがあった。

昔は対談もさせてもらったし、一緒にお酒を飲んだこともある。気さくな人柄の大スターのクニちゃん。だけどどうしてあの地位を守れなかったんだろう。男の人であそこまで駆け上がった人たちは、ちゃんと上にいるというのに……。やはり女性差別の問題があったのだろうか。

このあいだ女友だちと話していて、

「阿木燿子さんみたいな人は、もう出てこないよね」

ということになった。才能があって美しい女性文化人は、今でも何人かいるが、阿木さんのそれはケタが違う。女優もこなすほどの美貌は、コケティッシュな魅力さえあった。そして歴史に残るほどの名曲を次々とつくり、当時はカルチャーの女神というべき存在であったと思う。

しかも嬉しいことに今でも大活躍されている。私はかつて自分が憧れていた方々の、現役のお姿を見るたび、そうこなくちゃ、と叫ぶのである。

他の皆さまもよろしくお願いしますね。「ついこのあいだ」の速度が異様に早くなってきました。

負けるもんか

四月末発売の新刊が、珍しくいい感触。

社会問題を扱ったのが注目されて、先週はエラそうに「取材日」をもうけた。

「取材日」というのは、時間を決めていくつかのマスコミに来てもらうこと。

ちなみに私は某週刊誌の対談のホステスをしているが、

「取材日はやめてね」

とかねがねお願いしている。

映画やお芝居の公開・上演に伴《ともな》って、これが行われるのであるが、分刻みの取材に俳優さんもクタクタになっている。そのうえ、同じような質問ばかりでかなりうんざりしているのではないだろうか。

「だけどハヤシさん、スターさんはこういう時じゃないとなかなか時間をいただけないのでよろしくお願いしますよ」

他の取材と違い、一時間とってくれるわけであるが、それも気を遣うことになる。

スターさんの方が、こちらを知っているとも限らない。

「このオバさん、どうして馴れ馴れしく話しかけるの？　どうして、このオバさんとツーショット撮るの？」

とあきらかにけげんな顔をされることも。

そんなわけで、こちらとしても「取材日」などとエラそうなことをしたくないのであるが、出版社の方がすべてお膳立てしてくれた。ここの会社の会議室でスタート。四社の新聞社の方が来てくださった。本当にありがたいことである。四月末にはたて続けに、ＮＨＫで報道されることになった。

久々にベストセラーなるか。

私も編集者も大喜び。しかし、その放映日、大都市の大型書店は、どこも閉まっているはず……。

つらい。

昨年の悪夢が甦る。力を入れた新刊は、初版もそこそこ刷ってくれて、取材もめいっぱい受けた。が、第一回の緊急事態宣言により、多くの書店が一カ月休業となってしまったのだ。

今、ほとんどの大型書店は、デパートやショッピングセンターといった大型施設の中に入っている。そこが、建物ごと閉まったのだ。

今回もこれほど頑張ってパブリシティやっているのに、またまた休業だなんて。

そんな言いわけするな、いくら緊急事態でもベストセラーはいっぱい出るじゃないか、と言われれば確かにそうであるが、出鼻をくじかれてしまった。

しかも今回の緊急事態宣言発令後、東京都が書店の処置をめぐって全く相反することを言い、中小の書店は大混乱となった。

そう、本は「生活必需品」なんだ。小池さん（都知事）も頭がこんがらがってしまったらしい。よろしくお願いしますよ。

それにしても、小池さんも吉村さん（大阪府知事）も疲れきっている。マスクをはずした小池さんは険しい顔で、失礼ながらちょっとフケた。吉村さんなんか、どんどん痩せて顔がとがっているではないか。

コロナ対策が後手後手にまわっていて、みんなから叩かれているからである。この私でさえテレビを見るたびに頭に血がのぼる。

「ワクチンは確保しましたけど、打つ医者が不足してるんですよ」

と政治家の方々はまるで他人ごとだ。そんなこと、一年前からわかっているではないか。私は多少痛くても、医大生や看護学生の方々にやってもらって全く構わない。歯科医師さんでも獣医師さんでも、薬剤師さんでももちろん。よろしくお願いします。それなのに、某大学病院の先生は、

「トレーニングしませんとねぇ……」

と上から目線で、冷笑さえ浮かべていた。

今は緊急事態なんだ。注射なんて五十人痛いめにあわせれば、誰でもうまく打てるようになるはず。イギリスはボランティアの人たちがやっている。私はその五十人になるから、一日も早く打ってほしい。

思い出せば高齢者ワクチン接種完了は、四月末のはずだったが、今は七月末と発表されどんどん引き延ばされている。実は年内になるらしいという噂も。

NHKの「日曜討論」で、田村厚労大臣は、接種のスタートを待ち大量生産されている二つのワクチンの承認をすると明言した。

「五月中もあり得る」と、もう数字に関して鈍感になっているが、今回だけはちゃんと憶えていますからね！　皆さん、五月中です。

ところでこんな時代だからこそ、私は何かにチャレンジしようと思い立った。三十年ぶりぐらいに書き下ろしをすることにした。内容や分量を調整しながら連載するのではなく、力のままに数百枚書いてみたくなったのである。

そんなわけで自主カンヅメをすることに。青山に新しく出来た素敵なホテルを一週間予約したのだ。

どうせ連休どこにも出かけないのだから、このくらいお金を遣ったっていいだろう。

とはいうものの、独身時代のカンヅメとは違い、家庭を持った身ではうちとホテルを行ったりきたり。いろいろ用事もあって中断される。泊まることさえままならなかった。

しかし週末はみっちりホテルに入り、原稿用紙を拡げた。

電話もかかってこない静かで清潔な空間。まあ、はかどること、はかどること。うちから持ってきた五十枚綴りの原稿用紙がたちまち尽きた。こういう時、物書きは頭がおかしくなりそう。

夜の十時、私はジャージを着替えて外に出る。近くに高校が二つあるから、文具を置いてあるはずという読みはあたり、三軒めのコンビニで発見。

三冊の原稿用紙を抱えて店を出たとたん、とんでもない高揚に襲われ、私は目の前の歩道橋を駆け上がる。

「負けるもんかー！」

青春ドラマのようにオバさんは橋の上を走った。このくらいの芝居っ気を持たないと、とてもやってられませんよ。

走ると決めた

オリンピックの話をすると今は「唇寒し……」という感じになってくる。吹き荒れる逆風。

昨年延期が決まった時、

「大丈夫かねー」

という会話があり、その後に、

「いくら何でも、来年の夏ごろまでにはワクチンがいきわたってるよ」

と誰かが言い、

「そーだよねー」

とみんなが頷き合ったのを憶えている。

が、「いくら何でも」と考えていたワクチンがこのていたらく。各地でお年寄りが、接種予約のために右往左往している姿がテレビで映し出されている。

ああいう光景を見ると、

「誰かがネットで申請してあげられないものか」

と胸が痛む。

子どもや孫が同居していなくても、こちらの情報を伝えておけば、自分のパソコンで予約してくれるはずだ。

血が繋がっていない誰か、たとえば近所の大学生なんかがバイトでやってあげるのもありだろう。

身元がわかっていることが大切だから、めったやたらに頼めないが、顔見知りの誰かなら大丈夫。うまくつながって予約出来た時は、三千円お礼にあげる。この金額は全国一律にする。

ボランティア、なんて言っていたらうまく動かない。命にかかわることだから、とにかくお金を払う。コロナ禍でお金に困っている若い人も多いはずだから、何人か受け持てばお小遣いが出来るはず……。

と私はなかなか進まないコロナワクチンのニュースを見るたび、いろいろなことを考えるのである。

さて、オリンピックの話題に戻すと、このあいだまで、

「故郷で聖火リレーを走るの」

と言うと、

「まあ、すごい、頑張ってね」

という反応であった。が、今は、

「えー、辞退しないの？　それよりもオリンピックやるかわからないよー」

というネガティブなものに変わっている。

が、私は走ることに決めた。

オリンピック聖火リレー検討委員会の委員をやっていたこともあるし、子どもの頃見た聖火の感動が忘れられないからだ。

先のオリンピックの時、山梨市も聖火が通った。教師に連れられて、見物しに行った小学生の私。日の丸の小旗を振ったような。ユニフォーム姿の青年が、颯爽《さつそう》と目の前を走り去ったあの感動……。

昨年は申し込まなかったが、かなり盛り上がりに欠けた今年こそ、

「枯木も山のにぎわい」

とエントリーしたのである。

夫は心配する。

「歩くのもだらだらテレテレ。みっともない走り方するんじゃないか」

このため私は最近、早起きして近くの公園を走るのを日課にしている。

早朝起きて、ちゃんとランニング用のジャージを着て、シューズを履く。かなりやる気である。公園を一周走り、次の一周は歩き、また一周を走るというメニューだ。鳥のさえずる緑の中を走るのはとても気持ちがよい。この後、鉄柵を使って軽いストレッチも。

やがて六時を過ぎると、わらわらとお年寄りが集まってくる。そして自然発生的にラジオ体操が始まるのだ。

最初のうちは、

「私は走ってるんだもん。ラジオ体操する年寄りじゃないもん」

と無視していた。

だがすぐに気づいた。私も立派なおばあさんではないか。ラジオ体操する方々とそれほど変わらない。中には私よりも若い人たちが何人もいる。

そんなわけで、ある時から、片隅でラジオ体操をする私。輪からは離れているが、ソーシャル・ディスタンスの昨今、不自然ではない。

それにしてもラジオ体操というのはすごいもので、体がしっかりと憶えているのである。ぐるりと体を回転させていると、夏休みの思い出が一気に甦ってくる。

行くたびにスタンプをついてもらい、出席率がいいとノートやボールをもらえたんだ。あれは嬉しかったなあ。

と感傷の中、ますますおばあさん度が増していくような。

でも大丈夫。これからゴルフのレッスンに行くことになっている。

友人に誘われて、三十年ぶりにゴルフを始めたことは既にお話ししたと思う。

「老後ゲートボールにしようか、ゴルフにしようか、と考えてゴルフにしたの」

と言うとみなが笑う。

が、かの吉川英治先生は、末っ子の誕生を機に、

「この子のために長生きしないと」

と、六十歳でゴルフを始められたということだ。頑張れば年とってからも充分に楽しめるスポーツなのだ。

そもそも私は、

「飽きるまではとことんやる」

という性格だ。ほどほど、ということを知らない。

走るとなると毎日走るし、ゴルフレッスンも週に三回行く。そのうえ先生からの、

「ハヤシさんは肩がちゃんと動いていないよ」

というアドバイスの下、ストレッチポールを購入した。丸太状のポールの上に仰向けに寝ころび、腕を左右に動かす練習を始めたのである。

ここまで来たら新しい道具が欲しいところであるが、

「どうせすぐに飽きるんだから、まずはこれを使いな」

と夫が三十年前のクラブを、ガレージの奥から引っぱり出してきた。私の性格を見抜いているから仕方ない。

しかし今はつかの間の、スポーツ少女ならぬスポーツおばさん。オリンピックはどうなるかわからないが、とにかく私は走る、と決めた。

ワクチン打ちました

その日、朝の九時五分前に私ら夫婦はパソコンの前に座った。

ワクチン接種の予約がいよいよ始まるのである。

五秒前、夫はパソコンの上に指を置く。傍《かたわ》らで私はアナログの証のような、スケジュール帳をパサッと開いている。

5・4・3・2・1……、夫はキイを打った。画面を見ながら、

「日にち、この日で大丈夫？」

「OK」

「場所は？」

「隣りの駅前で」

するとわずか一分ぐらいで予約が完了した。

「えー、こんなに簡単でいいの？」

しかし次に自分の予約をしようとした夫は、わずか三分の差で逃してしまう。

どこも満員となってしまったのだ。

「私を先にしてもらったばかりに申し訳ない」

そうしたら夫は、

「いやー、君は外に出てく人だから。僕はずっとうちにいるからすぐに予約とれなくたっていいんだよ」

その時私は、夫が「タイタニック」のレオナルド・ディカプリオに見えた。そう、命のボートを恋人に譲ったあの青年。

「ありがとうねえ……」

心から感謝する私。もうこのページに、夫のワルグチを書くのをよそうかと思ったほどだ。

しかしこれほど早く、あっさりとワクチンを打てるとは思わなかった。さんざん批判してきたけれども、まあ、少しずつは進んでいるらしい。

私が思うに、このワクチン接種がスムーズに進むかどうかは、ひとえに自治体の力量にかかっている。

オタオタしているところは少しも進まず、あげくの果ては、首長や有力者を優先して多くのバッシングを浴びている。

私が頭がいいなあーと感心したのは、予約なんか省いて、さっさと日時と場所を指定した自治体があったこと。地方のお年寄りがそれほど忙しいとは思えない。

「この日に来てください」

と言えばずっとわかりやすいし親切だ。もし変更をしたかったら、直接電話をすればいいことになっているのだ。

東京と大阪では、大規模接種も始まるらしい。自衛隊を動員しての、まさに国家的プロジェクトだ。私としてはこちらを見たかったのであるが、まあ、とりあえず地域のワクチンが予約出来たのだから欲はかくまい。

さて、接種は予約から八日後。その間わくわくドキドキの日が始まった。運悪くワクチン接種の前に、感染したらどうしようかと思ったのだ。

私の親しい女性編集者は、全く何の自覚症状もないのに陽性になった。自宅療養となったのであるが、

「ハヤシさん、保健所に年齢と体重を申告したら、その体重だと重症化すると言われましたよ」

などと聞き、私もかなり怯えていたのである。

幸いなことに、何ごともなくその日を迎えることになった。

「ちゃんと予診票書いたか。三十分前には着くようにしろ」

と夫はガミガミ。遠足に行く子どものような気分である。

電車に乗り隣りの駅へ。駅前の区のナントカセンターというところに向かうと、もう廊下に行列が出来ている。

蛍光色のベストを着た係員がてきぱきと誘導してくれる。手続きをしてすぐに座ることが出来た。

そして十五分ぐらいで番号を呼ばれた。パーテーションの向こうには、若いお医者さんが。

アレルギーの有無を聞かれた後、

「それじゃ、向こうに」

カーテンの後ろに看護師さんが二人控えていて、注射をズブリ。

痛くない。全然平気。

このページで、あまりにも接種が進まないことに苛立ち、

「トレーニングすれば、(筋肉) 注射なんか誰だって出来るじゃん」

なんて言って申しわけない。やはり看護師さんにやってもらうと安心ですね。

注射の後は、腕にワッペンを貼られた。そこにはサインペンで三十分後の時間が書かれている。直後の強い副反応が起こらないか確かめるために、三十分その場にとどまらなければならない。

もう四十人ほどの人たちが椅子に座っていた。ここで待機するのだ。本を読んで待っ

ていると、後ろの席でかなりお年を召した男性が、係員と話しているのが聞こえてきた。

「今回はなんとか電話が通じたけどね、僕はひとり暮らしでパソコンも出来ないんだ。二回めはどうしたらいい……」

「それでしたら、区の方で代行させていただくのでお電話ください」

区役所の人たちだと思うが、係員の人たちはみんなとても感じがよい。歩くのがおぼつかない人にはちゃんと目くばりして、トイレにもつき添っている。

私はひと筋の希望を見たような気がした。勤勉で真面目な日本人。やるとなったら、一丸となってちゃんとやり遂げるかもしれない……。アホな自治体は別として。

ところでワクチンを接種した私は、みんなにLINEで自慢した。かなり早い方なので驚かれる。

しかし、

「マリコさん、ズルいんじゃない」

という人がいて、かなりむっとした。

「どうして？　夫が一生懸命予約してくれたんだよ。なんにもズルいことしてないよ」

「だって高齢者でもないのに、どうしてこんなに早く出来るの？」

「えー、私、前期高齢者だよ」

「ウソでしょ！」

これは実話です。夫はフンと言って信じてくれないが。

世の中の事情

「年寄りの冷や水」

とはよく言ったものである。

毎日公園をランニングし、週に三回ゴルフレッスン……と以前書いたが、無理がたたって腰痛が始まった。

「イタタ……」

毎朝ベッドから起き上がるのもひと苦労だ。

考えてみると、エステも含めて、カラダのメンテナンスに、いったいどれだけの時間を遣っていることであろうか。

若い時は何もしなくても肌はスベスベ。肩こりも腰痛もない。もちろんカラダは充分に動く。たっぷりと時間はあった。勉強や仕事に励めと、神さまは時間をくださったのであるが、私はそのことに気づかず無為に過ごしてしまったっけ……。

その神さまであるが、コロナ禍において随分不公平なことをなさっているのではないかと。

お金持ちはどんどんお金持ちになり、貧しい人はどんどん悲惨なことになっている。

驚いたのは、二カ月前のさるアートフェスティバルだ。全国のギャラリーが集まるいわばアートの祭典。

知り合いに誘われ出かけたところ、あまりの人の多さにびっくりしてしまった。予約制の入場制限をしているのだが、それでもどっと人が押し寄せてきている。

億の値がつく巨匠の絵にも、美大の学生が描いたようなよくわからぬコンテンポラリーアートにも、売約済みの札がベタベタ。

表参道の高級海外ブランドも、お客さんがいっぱい。それも若い人が多い。

「みんな長い自粛で、お金を遣いたくって仕方ないのよ」

それよりも驚いたのは、ハワイ事情である。

「マリコさん、今日レストランに行ったら、○○さんも△△さんも来ていたわよ」

とLINEをくれたのは、あちらに家を持っている友人。コロナを避けてしばらくハワイに行っていたのであるが、最近日本の知り合いにやたら会うという。

「みんなワクチン打ちに来ているみたい。アメリカのどこかで打った後、二、三週間ゴルフしながらのんびり過ごすんだよ。ニューヨークもいいけど、こっちはゆるくて日本人でもソーシャルセキュリティー番号や、コンドミニアム持っていればオッケーだよ」

この話をたまたま会った友人にしたところ、彼は仕事でハワイから帰ってきたばかり。

「ハヤシさん、あちらは今、すごいバブル景気だよ。メインランドから観光客がどっと押し寄せている。タクシーはまるっきりつかまらないし、ルイ・ヴィトンは記録的な売り上げだって」

コロナ禍の最初の頃の、ゴーストタウンと化したワイキキの画像を憶えている私はびっくりしたし、同時によかったなあと思う。

ところで、このような景気のよい話とは別に、コロナ禍の苦労は、弱い人のところに押し寄せている。

バイトがなくなった学生さんのために、食べものを用意している団体のニュースが、テレビで流れていた。

「バイトもなくなったし、大学をやめようと思っています」

という女子大生が映っていて、もう胸がいっぱいになった。

自分の貧しい学生時代を思い出したのである。もし本当に困っている学生さんがいたら、何とかしたい。

「ウーマン・ツー・ウーマン運動っていうのはどうかな」

と友人に提案した。

「男性が援助するなら、パパ活とか言われてどっちもイヤかもしれない。だけど私たち余裕があるオバさんなら、月々のお洋服代をちょっと我慢したら、学生さん一人の生活費を出せるよ」

「なるほどね。だけどそういう学生、どこで探すの」

そうか……。私は近くの大学の学生課に相談するつもりであったが、それも彼女に否定された。

「学生課もそんなこと言われても困るよ」

が、私にはちょっとあてがあった。それは最近知り合った女子学生である。春のことであるが、さる私立大学の学生さんから、丁寧な自筆の手紙をいただいた。

東京の本好きな学生たちでつくっている団体があるのだが、そこで毎年出版企画のコンテストをしている。今年の審査員になってくれませんか、というのだ。

本好きの学生さんというのは嬉しいではないか。さっそく当日、会場に出向いた。ちゃんと来たのは私だけで、他の審査員、出版社の編集者たちはリモートである。そんなことはどうでもいいのだが、手紙をくれたA子さんとは別に、私のアテンドをしてくれたのが東大生のB子さん。

この二人はその後、うちに遊びに来たのであるが、コートを脱いだB子さんに目が釘づけになった。今どきこんなビンボーな服を着ているコを見たことがない。洗いざらしのよれよれのユ○ク○らしきもの。

「あのコ、地方から出てきてこのコロナ禍できっと苦労しているはず。なんとかしてあげたいワ……」

と夫に向かってつぶやいたところ、

「キミは物書きなのに、世の中のことをまるでわかってないよ」

とせせら笑われた。

「キミが心配しなくても、東大生はちゃんと社会の上澄みを生きていくようになっているんだ。家庭教師でも、東大生のバイト代はぐっと高い。そのコはすぐに一流企業に入って、高い給料もらうんだ。キミが何ひとつ心配することはない」

ひどい、と腹が立ち、たまたま会ったA子さんに尋ねた。

「失礼だけど、彼女、どうしてあんな格好してるの？お金ないの？」

「彼女はコミックおたくで、バイト代も仕送りも、みんなコミック代に使ってしまうんです。将来はコミック雑誌の編集者になりたいって……」

そうですか。私は世の中のことは多少わかっているつもりだったが、大学生の生態はわかっていなかった。

私は嫌い

ある人のコラムを読んでいて、なるほどと腑《ふ》に落ちたことがある。

「私が」ではなく、「私たち」とか「女性は」とか言い出したり、書くようになったら、その人は「こじらせ女子」のはじまり、というのである。

こじらせているかどうかは別として、「私たち」とか「女性は」を多用する人は、確かにフェミ系か「社会に意識高い」系である。

だから大坂なおみ選手が、全仏オープン開幕前に突然、記者会見を拒否した時にちょっと異和感があった。

「アスリートの心の健康状態が無視されている」

という言葉である。まるで自分が代表しているみたい。最近政治的発言が多いが、ここまで大上段にふりかざさなくても。

「私は記者会見が苦手なので、拒否したい」

でいいのではなかろうか。

そうしたら案の定、甘えているとか、大会をどう思っているといった非難が上がり、彼女は、

「せいせいしたわ」

とか何とかSNSの写真でメッセージしたから、また非難ゴウゴウ。結局大会自体を棄権して大騒ぎになった。このままでは選手生命も危うい、と思われたところ、突然の「うつ宣言」。

これで誰も何も言えなくなってしまった。私はこのメッセージもどうかなーと思っている。

もし本当に記者会見など不当だと考えたなら、たとえ憎まれっ子になっても、自分の思いを堂々と言う。それこそ真のアスリート。

「私は人前で喋るのがもともと苦手なの」

などと、突然女の子になってどうするんだ。

と、私は結構厳しい意見なのであるが、まわりの人たちは、

「記者がくだらない同じことを、だらだら聞くし、失礼なことを平気で言う。だからメンタルやられてしまうんだよな」

まあ、それもわからないではないが、勝利した後のアスリートの、喜びにあふれたいきいきとした表情を見るのも私たちの楽しみのひとつ。

大坂なおみ選手、どうか元気になり、うまく折り合いをつけて、なんとか一日も早く復帰してくださいね。

ところで、世界的アスリートと、極東のいち物書きを一緒にして申しわけないが、最近私もマスコミに対してものすごく腹を立てていることがある。

皆さんご存知かと思うが、私はＳＮＳとかが大嫌い。自分でもユーチューブを始めたが、これは本を紹介する本当にささやかなもの。

私はとにかく雑誌が好きなのだ。女性誌や週刊誌が届けられ、ぱらぱらとページをめくるだけで幸せな気分になる。

あれは十年前のこと。東日本大震災の後のことだ。当時やっていたブログでどこその店に行った、と書くだけで炎上。もう何を書いていいのかわからなくなり、すっかりやる気をなくしていた私であるが、女性誌はいつもどおり刊行されていく。開けば美しいファッションのグラビアがある。お気楽な恋の悩み相談も。

「ハヤシさんもいつもどおり、楽しいことをエッセイに書いてください。私たちが責任をもってお守りします」

という担当の言葉に私は感激した。

「そうか、雑誌はお城で、この中にいる限り物書きは大丈夫。守られるんだ」

しかしあれから月日はたち、ネットにやられて雑誌はジリ貧状態に。次々と休刊になり、生き残ったところも部数は淋《さび》しいことになっている。するとどういうことをするかというと、記事をネットに転載するんですね。出ているこちらの許可もなく。

つい先日のこと、とある美容雑誌で女優さんと対談をした。私が原作のドラマが放映されるにあたり、そのパブリシティのためである。

主演は大女優で、その美しさといったら……年齢はそう変わらないのに、肌もすべすべで、輝いている。まさに美女の中の美女。

そりゃ、こういう方と一緒に写真を撮られるのは気がすすまない。が、土俵も違うし、あちらは女優でこちらは作家。一緒に考える人もいないはずだし、これはパブリシティのためと言いきかせる。

美容雑誌だから、当然それについての質問もある。あちらは「何もやったことがない」という女優らしいお答えであったが、私は、

「これでも結構気を遣っていますよー」

と持ち前のサービス精神を発揮。

そしてこの雑誌掲載から一カ月後、突然この記事がネット上に配信されたのである。

「お前が〇〇〇（女優さんの名）の横に立つとは図々しいにもほどがある」

「引き立て役になっているのがわからないのか」

「お前なんかが美容のことを語るとは、ふざけるのもいい加減にしろ」

雑誌というお城から突然追い出され、オオカミがうようよする荒野に放り出されたようなものだ。その雑誌のブランドと読者を信じて出ているのに、これはないのではなかろうか。見なきゃいい、と言われるが、これは私のやった仕事の反応であるからそうはいかない。

三カ月前にも同じことがあった。親しい漫画家の方が、ずっと女性週刊誌に連載をしていた人気作品がついに完結。刊行記念にと頼まれ、二人で大人の恋について対談した。が、この記事も知らないうちに野に放たれていたのである。またたくまに書き込みがいっぱい。

「昭和のオバさんの話を、いったい誰が聞くんだ」

私はこんな人たちに向かって話したつもりはまるでない。それなのに、いつのまにかそういうことになっている。お金を払って買ってくれた読者ならともかく、一円も払わないオオカミたちほど吠えまくる。これって絶対におかしい。私はこれからも雑誌社に抗議をしていくつもり。

それにしても、今のところ大坂選手に対する、日本の記者たちの見解がほとんど聞こえてこないのが気にかかる。私は。

コロナの日々

二回めのワクチンを済ませた。

もう怖いもんなしである。……のはず。

おといはタクシーの中で、ついスマホでの会話に夢中になり、マスクをずらしていた。

運転手さんに、

「ごめんなさい、でも二回めのワクチン打ってるから」

と謝る。

昨日は久しぶりに美容室で、カットとカラーリング。この店は客もマスクをつけなければいけないのであるが、シャンプーやカラーリングの時、邪魔ったらありゃしない。していいるマスクも汚れ、新しいものと取り替えることになる。

「マスクなくてもいいよね。私、二回終わってるし」

と頼んだが本当はいけないんだと。

そう、二回めが終わった時、受付で終わったことを書いた紙をくれたんだっけ。

「これが証明書になりますから」

海外に行く時にも使えるそうだ。

海外といえば、ハワイにいる友人からしょっちゅうＬＩＮＥが届く。

「昨日もアラモアナ行きました。エルメス、セリーヌなどブランド店は中国人だらけ。日本人の私はとっても珍しがられました。

本土のシリコンバレーなどでＩＴ関連の仕事をするお金持ち中国人たちは、休みに中国に帰るとアメリカに戻って来るのが大変だし、アメリカ本土内の旅行はコロナ人種差別でイヤな顔されるし、ハワイは私たちアジア人に対してとてもやさしいので、こぞって旅行に来てブランド品を買い漁っています。恐るべし中国パワー。もはやアラモアナは、中国語しか聞こえないほどでした」

私の返信。

「そうかー、私たちも早くハワイ行きたいよね。ハワイへ行って買い物しないと、もう日本人のこと忘れられちゃうかもね。ラーメン屋がなくなると困るし、日本語が全く通じなくなるのも困るよねー」

そういえば、もう何年も前のことになるが、ワイキキのブランドショップで、女性店員さんに話しかけられた。なんと昔、私が勤めていた広告プロダクションの後輩であった。

彼女はこのコロナ禍、ハワイでどう生きたのか。早く再会したいものだ。

最近コロナがおさまったらどこの国に行きたいか、ということがよく友だちとの話題になる。ニューヨークやパリ、という人は意外に少なく、心のリハビリの第一歩はやはりアジアからということらしい。台湾がいちばん人気である。

「たらたら街角歩いて、スイーツ食べたり、可愛い小物を買ったりしたいなあ」

「台湾はとにかく食べものおいしいもんね」

などという会話のあと、

「私はとにかく、どこでもいいから外でお酒をいっぱい飲みたい」

という人がいて笑ってしまった。

お酒を飲ませてくれるところもあるにはあるが、私が行くところはなぜか真面目なところが多い。

「ちゃんと保健所の人と約束したから」

ということで八時にはしっかり閉まる。そしてアルコールも出してくれない。このあいだ個室から見ていて、

「カウンターの人たち、ビールを呑んでるよ」

女将さんに言ったところ、

「あれはノンアルコールビールです」

「それでもいいからくださいな」

泡を立てグラスに注ぎぐっと飲み干す。しかしやはり物足りない。こんなおいしい料理が並んでいるのに、ビール一杯呑めないなんて……。

お酒を飲まないと帰りが早い。そうでなくてもあれだけ毎晩どこかに出かけていた私が、コロナでずうーっとうちにいる。夜が長い。ぼーっとソファに横たわりテレビをつける。しかし見たい番組なんてほとんどない。

私はテレビ業界の方たちにお聞きしたい。

「いまネットフリックス加入強化月間ですか」

加入に協力してあげているとしか思えないラインナップ。同じ人たち七人ぐらいで番組をまわしているのではないだろうか。いくらバラエティ好きの私でも、ネットフリックスに変えてしまうのはいたしかたない。

若い人たちはこの頃テレビを見ないが、中高年だって見ない。ネットフリックスやアマゾンプライムにはまる人は多い。

テレビで見るのは、ニュースか報道番組ぐらいだが、それがみんな同じ内容ときている。コロナの話題とオリンピックが出来るかどうかということばかり。

そんなわけでちらっと見てもすぐにネットフリックスに戻る。先日は友人お勧めのオリジナルドラマを、毎晩二話ずつ見た。

そしてネットフリックスのオリジナルドラマに、二つの原則があることに気づいた私。

「どれほど激しいベッドシーンを描いても、女性のバストトップは映さない。変に巧みなカメラワーク」

「主要人物に有色人種が入っている」

ハリウッドでは、有色人種が出演していないと、アカデミー賞候補にはならないらしいが、ネットフリックスも進んでいる。

思い起こせば人気ドラマ「SUITS」で、初めてメーガン妃を見たんだっけ。ハーフのエキゾチックな美貌が印象に残っている。

しかしなあ、英国王室というのは、二度も、アメリカ人女性にさんざんなめに遭っているよな。一度めは、もちろんウィンザー公とシンプソン夫人。

古い映像で見るとシンプソン夫人が、あまり美人でなくて驚きだ。結婚式の時のドレスもおばさんっぽい。イケてない。

こちらのドキュメンタリーも、すべてネットフリックスで見た。海外旅行やお酒が戻っても、私はネットフリックスとは離れられないだろう。

めでたしめでたし

「ハヤシさんのとこ、今度の秘書さんもキレイ」

うちに来る編集者が言う。

「立ち姿がすごくキマってます」

それもそのはず、ついこのあいだまで某大手航空会社のＣＡをしていたことは前に書いた。

コロナ禍がなかったら、おそらく私とめぐり合うこともなかったに違いない。前に勤めていてくれたハタケヤマが、定年により辞めることになった時、親しい編集者が紹介してくれたのだ。

「ハヤシさんちの近くに、本好きのＣＡさんがいるんだけど、彼女、コロナで飛行機が飛ばずほとんど仕事がないみたいなの」

ということで会ってみたら、話がとんとん拍子に決まり、この四月から正式に勤めてくれたのだ。

彼女が来てから大きく変わったことがある。この私が原稿の〆切りをきちんと守るようになったのだ！

三十年も一緒だったハタケヤマだと、つい甘えが出て、

「いいよ、いいよ。〆切りなんて、どうせあちらは二、三日サバ読んでるんだし」

と遅らせても平気であった。

しかし新しい秘書は、全く何の疑いも持たず、

「ハヤシさん、今日、週刊○○の〆切りです」

「来週の月曜日は、小説の〆切りです」

と私に告げる。

そのまっすぐな目を見ていると、

「いいよ、いいよー。〆切りなんてそんな守らなくてもさー」

などとはとても言えない。

よって土日も返上して一生懸命書く。すると彼女は、

「よかったです。すぐに送りますね」

とニッコリ。また頑張ろうと思う。

うちの夫はあれこれ心配して、いつものようにガミガミ言う。

「作家の個人秘書なんて、つまんない仕事なんだから、若いコのモチベーション下げな

いようにしな。いろんなとこに連れてかなきゃダメだよ」

私は対談も講演会も、どんなところにも一人で行く主義。が、私もトシだし、ちょっとしたところは一緒に行ってもらってもいいかも。

つい先週のこと、歌舞伎座で一部を見る予定であった。二時からは私が最近参加している某フォーラムのリモート会議がある。

「帰るとせわしないし……そうだわ、歌舞伎座裏のあそこの出版社の会議室借りましょう」

連載をしている出版社は何かと親切。コーヒーやお菓子をどっさり用意してくれた。新秘書と一時半からそこの会議室に入り、私はリモート会議。彼女はその傍らでパソコンを使って仕事。かかってくる電話も全部受けられるようにしていた。まるでサテライトオフィスとなったが、そこの原稿もちゃんと書いたので許してほしい。

ところで若く元気な秘書を得て、私はさまざまな断捨離《だんしやり》を思いたった。本もかなり整理したが、気にかかっていたことを彼女にやってもらった。

それは一着のスーツのことである。話をすれば長いことになるが、今から三十五年前、世の中はバブル、私も独身で本がバシバシ売れていた頃と思っていただきたい。

出版界もすごくお金があり、贅沢な企画もいっぱいされていた。ある服飾系雑誌から聞かれた。

「ハヤシさん、どこか行きたいとことか、したいこととかないですか」

「パリコレを見てみたいなあ。それもプレタポルテではなく、オートクチュール！」

そんなわけでパリに飛び、そこの支局であるアパルトマンに二週間滞在したのは、私の素敵な思い出である。

誌面をつくるために、パリコレだけではなく、いろいろなメゾンも取材する。その中にシャネルがあったのだ。もちろん人気メゾンであったが、当時は日本人はそれほど着ている人はいなかったような。ゆえにジャポンから来た私と、支局の編集者たちはそう丁寧に扱われたわけではない。もどかしさを感じた私は、

「オートクチュール、つくりゃいいんでしょ。私が今、オーダーしますよ」

と口走った。その時、一緒に行ったパリ支局の女性はすばやく計算し、

「ハヤシさん、このくらい」

と言ってくれた。無理すれば払える額。私はその場で、モデルが着ているモノクロのスーツを注文したのである。すると「開けゴマ」のように、いろんな世界が見えたのには驚いた。まずそのスーツを着たモデルが私のためだけに歩いてくれ、メジャーを首から下げた男性が、ニコニコしながら現れ採寸してくれた。体に触れるか触れないかの、そのメジャーの使い方の速さに感動した、などと記事に書いている。

すっかり満足した私と編集者。

「やっぱりオーダーしないと、本当のことはわからないわね」

などと喜び合いながら帰路についた。その時編集者の女性が立ち止まった。

「あ、私、計算間違えてたかも。さっき緊張してたし」

正しい金額を出してくれた。さっきの六倍であった。ひんしゅくを買うので、三十五年たってもその金額は言えない。私は一瞬体が震えたが覚悟を決めた。

「もう注文したものは仕方ない。日本の名誉にかけて払います」

その名誉のスーツがクローゼットの床に、ぐちゃぐちゃになっているところを最近発見。私は新秘書に手紙を書いてもらった。それは某服飾博物館あてである。

「三十五年前、そちら様の関係している雑誌でオートクチュールをつくった時、いらなくなったら寄贈してくださいとおっしゃいましたが、今もご入用ですか」

新秘書は手紙もすごくうまい。

やがて、

「もちろんいただきます」

という返事があり、クリーニングされたシャネルスーツは宅配便にゆだねられたのである。

コロナがなかったら、洋服の整理もしなかったし、断捨離も思いつかなかった。過去の遺物が、災いによって陽の目を見たのである。めでたし、めでたし。

パス！

立花隆さんが亡くなった。本当に残念である。まさに「知の巨人」というべき方であった。どの新聞もこぞって大々的にその死を悼んでいる。

私は立花さんの熱心な読者というわけではない。ベストセラーになった、わかりやすいと思われるものは目を通したが、自然科学ものは全く歯が立たなかった。

そんな私がなんと立花さんと対談をしたことがある。それも三十数年前に。

どこかの雑誌社が、ワインのムック本を出すにあたって、

「ハヤシさん、山梨だからワインの話をしてください」

と依頼があったのだ。

その頃私はちゃんとしたワインなど飲んだこともなかったのに、立花さん会いたさにほいほい出かけていった。そして勝沼の一升瓶ワインの話など、したのではないかと思う。

全く無知とは怖ろしいものである。今、考えると冷や汗が出る。

対する立花さんといえば、すぐに私のレベルを見抜き、それでもやさしく相手をしてくださった。勘ぐれば、当時マスコミで話題になっていた、はねっ返りのおネエちゃんを一度見てもいいかなあ、という好奇心ではなかったか。

それ以来、二度とお目にかかることはなかった。まあ、そんなものであったろう。

「知の巨人」といえば、もう一人堤清二さんを思い出す。

堤さんは、「財力」と「詩人の魂」という面もお持ちの、知のスーパースター。

堤さんとの出会いは、私がまだ二十代の頃にさかのぼる。小さな広告プロダクションをやめて、フリーのコピーライターをしていた頃だ。西友ストアーのえらい人に拾ってもらって、そこの宣伝部で、週に三日働くことになった。

ごくたまに大きな仕事をさせてもらうと、堤清二社長のところへプレゼンテーションに行く。今でも思い出す、サンシャイン60の四十九階の社長室。その階だけは真赤な絨《じゅう》毯《たん》が敷かれていた。あの頃の堤さんのすごさといったら。何しろ今をときめくセゾングループの総帥《そうすい》である。いつもはTシャツにジーンズのアートディレクターたちも、スーツを着て緊張していた。

当時はパソコンもなく、プレゼンテーションのためのポスターはすべて手づくり。写真と写植の文字を貼り合わせたもの。

そこに書かれた私のコピーをひと目見て、堤さんは、

「ヘタな現代詩みたい」

と一刀両断に切り捨てた。

私をはじめ、そこに居合わせた人たちがいっせいに青ざめたのは言うまでもない。

後になって堤さんはよく、

「あの時の僕のおかげで、ハヤシさんの今があるんだよ」

と笑っておられた。作家になった私は、堤さんとも多少冗談を言えるぐらいにはなっていたのだ。

当時十年以上、毎日出版文化賞の選考委員をご一緒させていただいた。文字どおり「雑魚《ザコ》のトトまじり」で、私以外は日本を代表する学者さんや知識人がずらり。どうして私がいるかというと「文学・芸術部門」と話題の本を選ぶ「特別賞」を担当するためである。であるから、「自然科学部門」や「人文・社会部門」は「パス！」と高らかに声を発した。

「小説はわからないから」と、同じくパスを行使する学者さんも何人かいらした。

堤さんのすごいところは、選考委員長として、すべての部門の本を読み、それを理解していたこと。

「この中世の色彩学については、○○先生がおわかりでしょう」

「ショウジョウバエの研究……、これはもう○○先生ですね」

と発言する人を振り分けていくのだ。膨大な知識に加えて、ご自分も詩人・作家としてもご活躍であった。

こういう方はもう仰ぎ見るだけで、私と同じ人間とはとても思えない。

しかし、身近にいて、やはりすごい知識量の人にはこう尋ねてしまう。

「いったいどうやって、こんな風になったの!? あなたはいったいどんな人生を!?」

A氏は私と同い齢の建築家で、京都大学で教鞭《きょうべん》をとっている。ずっと前、彼のお友だちのうちに遊びに行った時のこと、本棚の前に彼は立った。

「懐かしいなぁ。学生時代に僕も読んだ本がいっぱいだ」

その本のほとんどは横文字で、日本語のものも意味がよくわからぬものばかり。同じ年月この世を生きて、どうしてこれほど知識に差が生じるのか驚くばかり。

この質問を親しい文化人類学者さんにぶつけたことがある。彼の答えは、

「本というのは読み進んでいくと、枝が分かれて、次にどんな本を読んだらさらに知識を得られるか、というのがわかる。その枝がいつしか増えて大木になる」

そうだ。いい答えである。

最近私は、知とか教養について問われると（めったにないけれど）、こう書いている。

「教養というものは、持っていなくても充分生活出来る。そんなものがこの世にあると気づかないまま生きていくことだって出来る。しかしひとたび、それがこの世に存在し

ているこど、自分よりはるかにそれを所有している人がいることを知ると衝撃を受けるし、やりきれない思いになる。そして少しでもそれを得ようと努力しはじめるのではなかろうか。そこからすべてが始まると私は信じている」

立花隆さんは、その〝衝撃〟を多くの人に与え続けてきたのである。そして素地《そじ》がある人たちは奮い立ったのだ。

私は長いこと、立花さんの自然科学ものには「パス！」と叫び続けた一人。まだ間に合うかな、ちゃんと読んでみよう。

教養に憧れてばかりで、年とってくのは悲しいもの。と、この頃しきりに思うのである。

太秦へ行く

金曜日の朝、私は京都駅に着いた。

そして太秦《うずまさ》の東映京都撮影所に向かう。女優として。

二年前のこと、何かの折りに若い山梨県知事さん（なぜか長崎さんという）に、こう話しかけられた。

「ハヤシさん、信玄公生誕五百年が近づいてきました。県をあげていろいろなイベントをするつもりです」

「信玄公五百年ですか。ふうーん」

ちなみにある年齢以上の山梨県人で、「武田信玄」と呼び捨てにする者はほとんどいない。たいていが「信玄公」か「信玄さん」である。

「それで小山田信茂を主人公にした、短い映像をつくり、県下のいろんなところで流すつもりです」

「その、オヤマダノブシゲって……」

よ」

「それで、この小山田信茂の映像をつくるにあたって、脚本を募集しようと思うんです

や、本当は忠臣なのだ、と評価が分かれる人物だという。嬉しそうに知事はおっしゃる。

そんなことも知らないのか、と驚いた表情であった。なんでも武田家を裏切った、い

「武田二十四将の一人ですよ」

「それはちょっと賛成しかねますね」

なぜか調子にのり、ずけずけと言う私。

「そんなもん募集したって、応募してくるのは、歴史好きのジイさん数人ぐらいじゃないですかね。それに失礼ながら、シロウトさんの書いた脚本なんて使えませんよ」

「それならハヤシさん、誰か紹介してくださいよ」

ということになり、三谷さんの名を挙げた。三谷さんは三谷さんでも、あの有名な方ではない。大河ドラマ「西郷《せご》どん」で、中園ミホさんの脚本協力をつとめた、新進気鋭の脚本家・三谷昌登さんだ。最近は朝ドラのスピンオフを、メインで書いたりしている。滅法歴史に強く、ご自身も俳優さんだ。大河ドラマ以来、私たちは「三谷どん」と呼んでいる。才能にあふれ、この頃はいろんな局にひっぱりだこ。

その三谷どんによって、プロジェクトは進行していったのであるが、限られた予算とコロナ禍のため、かなり大変だったらしい。ただ三谷どんの熱意にほだされ、プロのち

ゃんとした俳優さんたちが続々と出てくださることとなった。イッセー尾形さんが四役も演じてくださるというのだから本当に有難い。

そのうち三谷どんから、ＬＩＮＥがしょっちゅう入るようになった。

「山梨の方々が喜ばれますから、ハヤシさんもちらっと出てくれませんか」

なにしろ言い出しっぺは私である。断り切れずＯＫしたものの、撮影場所はなんと京都撮影所だという。

「えー、東京か山梨だと思っていた」

しかも台本も来ないのに、ＢＷＨのスリーサイズを教えろとか理不尽な依頼が。おまけに、私の役は「侍女その１」だと。

「えー！　最初は奥方とか言ってたじゃん。侍女その１なんて出たくないワ」

京都に行きたくないばかりに、女優っぽくゴネる私。もちろんノーギャラだし。

すると中園さんにこう諭された。

「あのね、東映京都撮影所は、最強プロ集団。日本映画の伝統を継ぐ、すごいスタッフがいるんだよ。あそこで女優として出演するなんてすごいことだよ。私だって見学に行きたい。付人として一緒に行きたいぐらい」

私とて三谷どんをそう困らせたくない。彼はとても気を遣ってくれ「侍女その１」は「侍女筆頭格墨江《すみえ》」に。なんかすみませんねえ……。侍女は私以外もう一人しかいないというのに。

さて俳優会館に入った私は、浴衣に着替え、まずは結髪さんのところへ。鬘《かつら》をつけてもらうのであるが、私のショートヘアと実に巧みに結合させてくれた。そして次は衣裳さんのところへ。みなさん〝新人女優〟の私にとてもやさしい。

が、なかなか出番は来ず、部屋で待機。

「俳優とは待つことなのよね」

女優さんの伝記が大好きで、いろいろ読んでいる私にとっては、実に納得することばかりである。

やがてアナウンスで呼ばれ、第二ステージへ。ここで小道具さんが草履をはかせてくれる。女優気分は最高潮だ。

ものすごく立派なセットである。十五人ほどの俳優さんにスタッフは三十人ほど。

「最強プロ集団」という言葉が甦り緊張は高まる。

私のセリフは二つ。まずはお姫さまにこう申し上げる。

「北条と上杉の争いに、武田は上杉につきました」

北条家から武田に嫁いできたお姫さまだから、無念さと怒りを込めてと監督に指示を受ける。

「はい、本番！」

カチンコが目の前で鳴るのを初めて見た。ものすごい静寂。そこで私は声を発する。音声さんが長い棒をつき出してくれる。

「北条と上杉の争いに、武田は北条につきました」

そう、間違えてますね。二回もやり直してもやはり間違える。こんな短いセリフなのに……。

す、すみません、シロウトが混じって。皆さん、本当にごめんなさい。涙が出てきそう。

何とかやり終えて、私は某大女優さんの伝記をまた思い出した。ひと言のセリフを監督さんは気に入らず、数十回やり直させるのだ、皆の前で。その女優さんはプレッシャーのあまり、目の前が真っ暗になる。最後はやけっぱちでそのひと言を口にすると、やっとオッケーが出るのだ。私はあの焦りと苦しみがほんの少しわかったような気がした。

やがてこの日の撮影も終わり、新幹線の時間があるのですぐに帰る。

もうちょっと時間があったら、食堂などいろいろ見学したかったのに残念である。しかし化粧を落としに行った結髪さんのところで、有名俳優さんに会えて大満足の一日であった。

明日土曜日は故郷山梨へ。そう、聖火ランナーとして走るのだ。これほど故郷思いの人間はちょっといないと思う。たとえ小山田信茂知らなくても。

オリンピック楽しみ

ここのところ、日本は、不運続きである。

冷徹な〝切れ者〟と、誰もが思っていた官房長官は、総理になったとたんまるで魔法をかけられたみたいに、別人のような覇気のないおじいさんに変わってしまった。大切なお姫さまは、問題ありの恋人をどうしても諦《あきら》めきれない。その彼は二十八枚にもわたるいらぬ説明文書を出して、日本中が呆れてしまった。

梅雨というしおらしい名の雨季はなくなり、暴力的な豪雨となって毎年甚大な被害をもたらす。もはや七月は雨の恐怖がついてまわる。

世界のどこかで新種の伝染病が起こっても、日本は今までうまく乗り切ってきた。日本人は清潔好きだし、医療体制も整っている。だからたいしたことはないとずっと信じていたのに、まるで収束をみない。

オリンピック直前になり、コロナがまた猛威をふるい始め、昨日は東京では九百人超え。そして緊急事態宣言が出されることとなった。

こんなひどいことばかり起こっている列島で、オリンピックが出来るのだろうかと誰もが不安になる。

どのチャンネルをまわしても、ネガティブな意見ばかり。活字の方はもっとひどくて、どの雑誌を見ても、署名記事はほぼ百パーセント怒りのコメント。

「どういうつもりでオリンピックをやるのか」

揚句の果ては、菅さんばかりでなく、IOCバッハ会長の悪口もいっぱい書き並べられるようになった。

確かにおっしゃるとおりだと思うが、もう選手たちはぞくぞくと到着しているのである。そういう方たちに向かって、

「やっぱりやめますから、帰ってください」

と言うのであろうか。

「あなたたちが来て本当に迷惑」と、こんなに日本中が叫んでていいものであろうか。もはや「中止」などという段階は過ぎているのだから、コロナ禍におけるオリンピックパラリンピックを世界に見せるしかない。

そういう意味で、私は開会式をとても楽しみにしているのだ。そう、今どき「楽しみにしている」なんて口にする人間は私ぐらいだろう。今日び「オリンピック楽しみ」なんて言ったら、あちこちから叩かれるはず。

だけど見たいとは思わないですか。これだけ歓迎されない、盛り上がらないオリンピックの開会式。とにかく最初からトラブル続き、内部抗争があって、総合統括の野村萬斎さんはおやめになってしまった。その後の責任者は、女性タレントを侮辱したメッセージをチーム内に送ったとかで辞職した。

これだけもめにもめ、いろいろな人がやめてしまった開会式。しかしここで日本のエンタメ界は、底力を見せてくれるような気がして仕方ない。度肝を抜くような演出で、

「日本やるじゃん」

と世界中を驚かせてくれるような、あっというような大物が、最終ランナーを走るような。ここで意地を見せなきゃ、クリエイターではない。どん底からのパワーを見せてほしいものだ。

ところで昨日、お芝居を見るために池袋に行ったところ、駅前の公園で若い人たちが酒盛りをしていた。マスクもなしでビールを飲んでいた。

もうみんな規制にあきあきしているのである。

だらだらマンボウ(まん延防止等重点措置)だ、緊急事態宣言だをしていても、もはや多くの人は緊張感を失なっている。これだけ〝お上〟の言うことを聞いてきた国民が、あちこちで反乱を起こしている。

それなのに東京は四度めの緊急事態宣言だと。開いた口がふさがらない。

菅さん、本当にオリンピックをやる気があるんだろうか。今、緊急事態宣言を出したら、反対している人たちが、それ見たことか、と言うのはわかっているではないか。

「今からでも遅くない、すぐさま中止しろ」

と、この期に及んでネットで署名活動をする人だっているのだから。

私が総理大臣なら、大きな声ではっきりと、ドスをきかせてこう宣言する。

「オリンピックを、みなさん力を合わせてやり遂げましょう。もう世界各国から、選手や関係者の方々がいらしています。これは国の威信《いしん》をかけたものなのです」

いや、いや、「国の威信」という言葉は大袈裟かも。

「これには、日本という国のプライドがかかっています」

「国民の命とオリンピックとどちらが大切か」

という新聞記者にはこう答えよう。キッと睨んで、

「ワクチン接種のおかげで、重症者もそれほど増えておりません、もはや感染者の多さは、ことの重要性とそれほど関係ないと私は判断しました」

どっとわき起こるどよめき。マスコミの人たちは、総理を怒りの目で見つめる。

「何と言われようと、私はオリンピックを開催します。いいですか、今、日本という国が試されているんです。大義がかかっています。日本人の底力を見せるときです。必ず見事にやり遂げて、世界中をうならせようではありませんか」

こういう政治家の言葉は、大時代的に強く言った方が勝ち。前の安倍さんはそれをわかっていらした。小泉純一郎さんに至ってはもはや名人芸。郵政民営化を問うた、あの選挙の時の激しい口調は、国民みんなを催眠術にかけたほど。

しかし菅さんがこんなことを言うわけもない。いつもの怯えた表情で、
「国民の命と健康を守るために、緊急事態宣言を発令し、その下でオリンピックをやり遂げたいと思います」

とかなんとか。

だから私はあえて言う。オリンピック本当に楽しみ。こんなに嫌がられているからこそ、まずはすごい開会式を見せてほしい。そして、こんな不運続きの日本に明るい希望を見せてほしい。

筆まめさん

うちの夫は何か信念があるらしく、絶対に挨拶をしない。

「おはよう」

「お帰り」

「いってらっしゃい」

こういう言葉を発すると、自分の魂からなんらかのものが抜けてしまうと考えているようだ。

私など商売屋の娘なので、いつもハキハキ大きな声で挨拶をするのがあたり前なのであるが、この何十年か配偶者からそれを聞いたことがない。

「おはよう」

という言葉の替わりに、朝、まず発せられるのは不機嫌な沈黙か小言である。新聞がテーブルに出しっぱなしにしてあった、電気を消し忘れていたエトセトラ……。

その日は、マンゴーを一個台所に置きっぱなしにしたことへの怒りである。この頃、小さな蟻が出てくるようになり、それが果実にいっぱいたかっていたのだ。

「このあいだも蟻にやられてただろう。食べものを出しっぱなしにして、また同じことをしてる。こういうのを学習能力がない、って言うんだ。どうして同じことをするんだ。ガミガミガミ」

朝いちばんに、こういう小言を浴びせられてごらんなさい。

ふつうの女性だったら、ものを投げつけるか、怒鳴り返すであろう。

しかしこれでいちいち腹を立てていたら、こんな男性とは一緒に暮らせません。

私は作家の深読みでこんな風に考える。

小さなアリンコがいっぱい出てくるようになったのは先週のこと。

「キャー、こんなにぞろぞろと」

食べ残しのバームクーヘンにいっぱいたかっているのだ。ちょっとかわいそう、と一瞬思ったものの、台ふきでパンパンと叩いて圧死させた。そのあと残りは、台ふきで流しのボールの中に移動させて水死。

それを見ていた夫は唖然としていた。

「殺したのか……」

「それが何か？」

「蟻を殺すなんて……。僕は子どもの頃、蟻とセミと遊んでたんだ。ずうーっと一日中見てたんだ。だから蟻は友だちなんだ」

私はプーッと噴き出しそうになったが、夫は生き残った蟻を手の平にのせ、庭まで運び出したではないか。

であるからして、私への長い小言は、

「お前がマンゴーを出しっぱなしにしたばっかりに、蟻がいっぱい出てきたんだぞ。そのために蟻は、情け容赦もないおばさん（私のこと）に殺戮《さつりく》される運命になるんだ。お前がだらしないばかりに、こんなひどいことが起こるんだぞ」

という意味なのであろうと、私はおよそ人間ができる限り最大の、想像力と好意をもって解釈したのである。

なかなか出来ることではない。

さてお中元のシーズンになり、いろんなものが届くようになった。

というと、

「エラそうに、いろんな出版社からくるのを自慢してるんだろ」

とすぐに悪い方にとる人がいる。私とは正反対の考え方の人ですね。

が、仕事先からはそんなに多くない。何年か前からの出版不況は長びき、いくつかのところからは、

「ご賢察《けんさつ》のほどを」

という手紙で、季節の贈答はやめると知らされた。

私がいただくのは、地方の友人や行きつけのお店といった、個人的なおつき合いの方々。だからなま物が多い。サクランボ、桃、アスパラガス、マンゴー、スイカ。そして鹿児島と大阪のレストランからは、毎年焼豚がくる。そのおいしいことといったらない。そのまま切って食べてもいいが、大阪の焼肉屋さんの焼豚で、私はよくチャーハンをつくる。ここのは脂身が多いので、ほどよくご飯粒がコーティングされ、極めて美味である。

私はそういったことをお礼状に書く。

そう、たいていのものはちゃんと直筆でお礼を出しているのだ。

私は自他共に認める筆マメである。お礼状は出来るだけ早く書くようにしている。他の仕事をほっぽり出してでもちゃんと書く。前の秘書ハタケヤマは、

「印刷したものでもいいのに、もうこれはビョーキですね」

と首を横に振ったものだ。

例えば、季節の柄のハガキや、便せん、封筒を揃えるのはあたり前のこと。以前から銀座に行くたびに、鳩居堂《きゆうきよどう》で買うのがならいとなっていた。

銀座五丁目の、日本一路線価が高い鳩居堂。一平方メートルあたり約四千三百万円する。一坪だと一億四千万円ぐらいか。その鳩居堂で一枚八十円のハガキを売っている不

思議さ、有難さにいつも感動している私だ。

　季節にちなんだ美しいハガキがずらり並んでいる。今ならヒマワリや金魚の絵が描かれている。が、困ったことに、行くたびにハガキを買っているのに、書く段になると、季節にぴったりのものがいつも見つからない。

　机の上をがさがさ探すと、よくお雛さまや鯉のぼりのハガキが出てくる。

「これは来年に使おう」

と思っても、一年たつとやはりどこかに消えてしまう。そして七月や八月になるとひょっこり顔を出す。こんなふうに季節はずれのハガキを発見し、後悔しはじめて五年はたつ。

　思いあまった私は、つい先日三十枚のハガキをどーんと買ってきた。今のシーズンにぴったりの図柄。これでお中元のお礼を書くつもり。

　その前にちょっと気の張る方に、ご著書を送っていただいたお礼状を書かなければ。これは封書。字が汚ないと非難の多い私は、すごく丁寧に書く。書いている三十分は、その人のことだけ考えている。メール全盛の時代、お手紙が流行り出したと新聞に書いてあった。そう手紙は人を思いやる心をつくる。冒頭のシーンに戻ってほしい。

美しい球体

この原稿を書いているのは七月二十二日。

そう、明日二十三日は、オリンピックの開会式である。

これだけボロカスに叩かれ、トラブルが続出した開会式はなかったのではなかろうか。

まあ、明日は何とか無事に開催されますようにと思っていたら、今日の今日、演出家を急きょ解任だと。

これはまるでブラックユーモアではないか。こうなったら、南でぐずぐずしている台風も招きたいという、ヤケッパチな気分になってくる。

が、三日前のこと、友人から動画が送られてきた。オリンピックスタジアムの近くに住む彼の友人が、リハーサルの様子を撮ったもの。青色の球体が浮かび上がるさまを、屋上でとらえている。

「信じられないほど素晴らしく感動的だったそうです」

とコメントにある。この号が出る頃には開会式の全貌がわかるはずであるが、漏れ聞くところによると、かなりいいらしい。今まで見たこともないような祭典だと。

私は以前このページで、

「意地でも日本のエンタメの底力を見せてほしい」

といったようなことを書いたと思うが、現場の皆さんはかなり頑張ったに違いない。無観客と決まった時、皆泣いたそうだ。うーん、さぞかし口惜しかったろうなあと、私はかなり同情的なのである。

「まあみなさん、いろいろご意見はあると思いますが、世界中から選手もいらしているし、オリンピック開催中は休戦にしませんか。ちゃんと歓迎し、応援しようではありませんか」

こんなことを口にする物書きは希少らしく、新聞社から観戦記を頼まれていた。見たい競技のチケットをいただけることになっていたのに、無観客が決まり全く残念である。

そして、開会式の音楽を担当する予定だった例のミュージシャンの件であるが、あれには驚いた。〝いじめ〟などと生やさしいものではない。背筋が寒くなるような犯罪だ。

しかもその事実に（笑）を入れ、武勇伝のように書かれている。今だったらこのような記事を載せた雑誌は、即廃刊だろう。さらに私が恐くなったのは、二十七年前、この記事を読んだ読者が何の反応もしなかったということ。

「オヤマダもワルじゃん」

とへらへらしながら読んでいたのだろう。いくらトガったサブカル誌でも許されることではない。

二十七年前、この雑誌の記事に何ら異を唱えなかった人たちも、あのミュージシャンと同罪である。もう中年となっている彼らが、あの時どう読んだか、ぜひ知りたいところだ。

ミュージシャンを決して擁護《ようご》するわけではないが、あの頃のマスコミの残酷さというか、モラルも何もありはしない空気はたぶん知らない人は理解出来ないだろう。「爆笑問題」の太田さんもそのことを指摘したわけであるが、たちまち炎上してしまったようだ。

この頃私もエッセイをよく直されるようになった。私の知っている〝常識〟が、ものすごい早さで変わっているのだ。

つい最近、私のふる里の名産に触れ、

「桃は誰に送っても喜ばれる。桃を嫌いな人はまずいない」

と書いたところ、編集者からクレームがついた。

「桃を嫌いな人は一定数います。そして桃アレルギーの方が、この文章を読んだらどう思うでしょうか」

ああ、そうですか、すいません、という感じ。もし文章がネットに転載されたら、何か言われることを気にしているのであろう。全く物書きにとって生きづらい世の中になったものである。

あまりタブーもなかった時代のあのミュージシャンの記事について、ずうっと考えた。一つだけ結果的に見てよかったことがある。

それは過去にしたひどいいじめは、年数がたっても決して許されるものではないということを世間に知らしめたことだ。これから社会的に成功した人物の過去が、世間にさらされることが増えるに違いないと私は考える。エリートの政治家や、ＩＴ企業の経営者が、学生時代許されないことをしたと、マスコミに語る人が出てくるはずだ。

これは今のいじめに対しての抑止力になるかもしれない。しかし反対に、

「それでは過去のあやまちは決して許されることはないのか」

と問う人もいるだろう。

いじめは許されるか、私の答えはノーである。いじめられた人間は、一生心の深いところに傷を抱えて生きていくことになるからだ。大人になって忘れていたつもりでも、何かをきっかけに傷からどくどく血が流れてくることもある。

が、いじめた方はとっくにそんなことを忘れている。そしらぬ顔をして世間で生きている。

今回の事件は、そのようなことはもう許されることではないと世間に知らしめたのだ。

また、これに関して思わぬことであったが、私が最近書いた小説がSNS上で話題になったらしい。その小説は、中学校時代のいじめが原因で引き籠りになった青年が裁判を起こすという物語だ。自分をいじめた同級生三人を訴えるのだ。

「七年前のことですが、罪を問うことが出来ますか」

と弁護士さんに聞いたところ、

「できます。民事なら」

という答えがあり書き上げた小説だ。

もし過去に自分の人権を侵される出来ごとがあったら、何年たってもそれについて闘う。そういう時代のとっかかりを今回のことで見たような気がする。

しかし小説の中で弁護士は言う。

「ネットによる攻撃は現代の私刑ですが、弁護士の僕が最も嫌悪《けんお》するものですね」

私も同意見だ。

明日は開会式。皆で美しい球体を眺めよう。

祭りをめぐる戦い

オリンピック開会式、あれほど私は楽しみにしていた。期待もしていた。

反対派をシーンとさせるようなものがやれるはずだと。

もうあまりにもいろいろなところで言われ過ぎているが、

「みなを黙らせる」

というところまではいかなかったのは確かだ。

私も「えらく地味だな……」という印象を持った。東京の木遣《きや》りが出てきた時は、

「これはまたシブいものを」

私だったら青森のねぶたを持ってくる。そして後ろには津軽三味線百丁！　秋田の竿《かん》燈《とう》まつりもはずせないなあ……。

などということを、リモートで友だちとワイワイガヤガヤ。日本中が「一億総演出家」となった日である。

しかしあのドローンによる球体、私が言ったとおり素晴らしくなかったですか。あれ

と「イマジン」はぐっときた。

しかし今日発売の「週刊文春」によると、世界中をうならせたあのドローンによる地球は、演出家ＭＩＫＩＫＯさんのパクリだったとか。

そう、クリエイティブチームの内紛によって、追われた天才演出家である。この方が最初に企画した案が、文春オンラインで公開されている（現在は週刊文春電子版で有料記事）が本当に素晴らしい。世界的ベストセラーコミック「ＡＫＩＲＡ」の主人公がバイクに乗って、新国立競技場を駆け抜ける。プロジェクションマッピングで、東京の街が次々と現れる……。プレゼン資料を見ただけで、わくわくするような演出だ。口惜しいなあ。これを世界中の人に見せたかったなあ……。

しかし実現しなかったことを考えるのはせんないこと。あの開会式を、

「コロナ禍において控えめでよかった」

と評価してくれる海外のメディアもいくつかあったようだ。そして日本では、「欽ちゃんの仮装大賞」という声が多くあがった「ピクトグラム」であるが、海外では大ウケだったらしい。

私はかねがね、欧米の方と、日本人ではウケるツボが違うのではないかと考えている。みなさん大絶賛の「ロンドンオリンピック開会式」であるが、オーケストラの中にＭｒ．ビーンが出てきて本当に目ざわりであった。未だにあの人を面白いと思ったこと

がない。

今回世界共通で「？」マークがついたのは、あのテレビクルーのコント……。いやいや、粗探しするのはよそう。それなりに楽しんで、テレビにかじりついていた四時間だったのだから。

が、今回開会式が意外とジミだったので、反対派は「それ見ろ」と大喜び。ネットではこれでもかこれでもかと、悪口が書き綴られていく。

しかし開会式の視聴率が発表されると、五十六・四パーセントという数字のすごさに、

「やっぱりみんな見たかったんじゃないか」

と賛成派は快哉《かいさい》を叫んだ。

反対派も負けてはいない。

「ケチつけるために見た者も多い」

「今の視聴率なんてあてにならない」

が、日を追うごとに、日本勢は金メダルを次々と取り、感動ストーリーも次々と披露される。新しいヒーロー、ヒロインも出てきて人々はオリンピックに熱狂し始めた。

「やっぱりやってよかった」

「そもそも反対していたのはほんの一部」

という声が巷《ちまた》に拡がり、テレビ局は例によって掌返しの大絶賛となり、あの朝日新聞

でさえしぶしぶとオリンピック特集を繰り拡げる。

賛成派は「思い知ったか。人の心なんてこんなもんだ」と胸を張ったのであるが、そうお気楽にことは進まない。東京のコロナ感染者は今日（七月二十九日）三千八百人を超した。

「それみたことか」

と反対派はまた声を大きくする。

この勝負いったいどうなるのであろうか。

私はもちろん賛成派なので、毎日ひやひやしながらことを見守っているのである。

オリンピックの感動が勝つか。

それともコロナの恐怖が勝つか。

閉会式までにはわかることだ。

ところで開会式は、我々に大きな課題を残した。日本のアスリートたちは、世界レベルの人たちがいっぱいいるのに、エンタメ界は誰もいないということである。

本来ならば小澤征爾さんにお出ましいただきたいところであるが、年齢的に厳しい。坂本龍一さんはとっくに他のオリンピックが持っていってしまった。ポピュラー界でもBTSレベルの人が誰もいないのだ。

「それじゃ、アスリート以外で世界中みんなが知っている人って誰なの？」

友だちと話し合う。

「村上春樹さんとか」

私はこんなアイデアを出した。

「春樹さんが出ていらして特設ステージで、このために書いたごく短い『オリンピック賛歌』を朗読する。これってどうかな」

「結構いいかもね」

友人たちもヘラヘラしていて誰も気づいていないが、私たちの年齢の者にとって、日本での夏季オリンピックはこれが最後なのだ。日本の国力からみて、もう開催されることはあるまい。そして同時にＩＯＣの運営の仕方も厳しく問われることになるだろう。

全くよりにもよって、この転換期にどうして現在のＩＯＣ会長みたいな人が出現したのか。他の国のお客さんのワルグチは言いたくないが、あの方は嫌われるようなことばかりする。

開会式のあの長い長いスピーチ。皇居に行った時も、天皇陛下に向かってとめどなく話しかけていたということだ。ジャパニーズピープルをチャイニーズピープルと言い間違えたり、これからもきっといろいろやらかしそうだ。

そして私は不安になる。閉会式が来て、バッハさんも去り、祭りは終わる。その後待っているのは、寂しさと虚脱感、そしてすっかり分断した日本における、相手許すまじとするすさまじい戦いなのではあるまいかと。

よくあんなことが

見始めるとやみつきになってしまうオリンピック。

今私が熱中しているのは卓球。伊藤美誠《みま》選手が掌に球をのせ、生命を吹きかけているようなサーブのシーンが大好き。すごいスピードで、相手に切りつけるように打ち込んでいく。しかも卓球台すれすれを狙って。

「よくあんなことが出来るもんだ!」

感心するしかない。

たまたま行った友人のうちに、卓球台が置かれていた。試しにやってみた。一球も返すことが出来なかった。あんな小さな球を、あんな木のヘラみたいなものであてられるわけがない。

その時私はふと思い出した、足踏みミシンのことを。今はほとんどが電動ミシンだと思うが、昔は足踏みだった。四カ所ぐらいに糸を通し、リズミカルに下の台を踏むので

あるが、私はタイミングを合わせることが出来ない。足で踏んだとたん、糸が切れてしまう。家庭科の時間、先生が、

「ウソでしょう」

と驚きの声をあげたものだ。しかし本当に一回も踏めないのだ。

あと跳び箱も出来ない。自慢じゃないが、体育の時間ははなから諦めていた。やる気なく走り、形だけ台の上にのっかる。

ミシンの件はともかく、運動オンチの私はオリンピック選手をただ感嘆と尊敬のまなざしで見つめる。

とても同じ人間とは思えない。

特別の才能と精神力を持ったアスリートが、さらに血のにじむような努力を重ねてここに来ているのだろう。だから二十歳やそこらの若い人が、こちらの心にしみ入るような名言を吐く。

ところがこういう選手に向かって、誹謗中傷《ひぼうちゅうしょう》をする輩《やから》がいるらしい。全くどういう神経をしているのか。自分の手が届かないところにいる人が、自分の知らない最高に素晴らしい心の境地を知っている人が、そんなに嫉ましいのか。本当に腹が立って仕方ない。

ところで今回、コロナや何だかんだで、選手村の紹介があまりされないのがまことに残念だ。私が思うに、この逆風の中、

「こんなに大金をかけて」

などと言われるのを気にしているのだ。

が、選手たちがSNSにいろいろあげている。ネイルサロンもあって無料だとか、お土産ショップが充実しているとか。

それよりも食事が高レベルらしい。ステーキ、ピザ、お鮨、スパゲッティ、エスニックのものも何でもあり、果物が豊富だそうだ。

そう、いろいろ思い出してきた。一九六四年のオリンピックの時は、選手村の食堂が、これでもか、これでもかという感じでマスコミに紹介されていた。あの有名な帝国ホテル料理長、村上信夫さんがそのうちの一つの陣頭指揮をとっていたと記憶している。

田舎の喰い意地の張った少女は、ご馳走食べ放題という食堂に、どれほど心を躍《おど》らせたことか。バイキングという言葉を、広く日本人が知った最初かもしれない。

今回ももっと食堂を見せて欲しいなあ、と思うのであるが、ほとんど公開されていない。まことに残念だと思うものの、もはや閉会式が迫っている。あっという間だったよなあ。しかしこれだけコロナの感染者が増えている中、

「早く無事に終ってほしい」

というのが、おおかたの日本人の思いであろう。

今週は体操競技を見ていた。体操こそは、

「よくあんなことが出来るものだ」

の集大成。鉄棒も床運動もすごいが、私がいつも息を呑むのが平均台。どうしてあんな細い板の上で宙返りが出来るのか。ジャンプしても落ちないのが本当に不思議だ。

などということを口にすると、十人に一人くらいが、

「作家の人だって、よくあんなことが出来ますよ。私なんか手紙一本、会社のレポートひとつ書くのも、四苦八苦しますよ」

と言うが、これはお世辞というもの。たいていの人が、

「日本語なんて誰だって書けるじゃん。それをちゃっちゃっと書く作家なんかちょろいじゃん」

と思っているはずだ。まあ、そういう側面もあるかも。しかし、誰でも出来ることでお金をいただくのは、結構大変なことである……といつもの愚痴を言ってしまった。

とはいうものの、我ながら「さすがプロ」と思ったことが一度ある。作家になってからの代作だ。

もうかなり前のことであるが、小説の取材で大層お世話になった老婦人から、

「ハヤシさん、孫娘の夏休みの作文、書いていただけないかしら。孫は作文がとても苦手で、夏休み中ずっと悩んでいるの」

孫娘さんはその時名門女子校に通う中学生。私は腕をふるいましたよ。彼女の夏休み

の思い出を勝手につくり、避暑地での祖母との花火のシーンを綴った。

「祖母も私ぐらいの時に、この草原で花火をしたんだとか。祖母が少女だったなんて信じられない」

そう芥川龍之介の短篇「舞踏会」をイメージしたもの。この作文は先生に大層お誉めいただき、校内コンクールで入賞したそうである。

しかし、作者としてやはり気が咎める。十五年後、このお孫さんの結婚披露宴でこの話を披露し、

「先生方、すみませんでした」

そうしたら同じテーブルの女性教師の方が、

「とっくに気づいてました。あの頃ハヤシさんの話題よく出てたし」

こんなレベルの自慢話と食べものの思い出だけのオリンピック。まことに恥ずかしい。

とにかくオリンピックは、凡人が素直に感心するもの。それももう終わりだと思うと、寂しくて仕方ない。

軽井沢

オリンピックの興奮も遠いものになりつつある。

私ははたと思った。

いったいエッセイに何を書けばいいんだろう。

今日び、どこへ行った、どこそこで何を食べた、ということはいっさいいけないことになっている。

オリンピックのことはもう書けない。

昔のことをネタにすると、いかにも年寄りっぽくなる。

そうかといって政治のことを書くのも気が進まない。菅政権のあまりのひどさについて何か言うと、あたり前過ぎて「全員一致」になってしまう。全員一致のことを書くほどつまらないことはない。

だったら何を書けばいいんだ!?

だから私はかなりリスキーであるが、軽井沢の思い出を書いてみたい。

小池知事が、

「お盆は帰省、県をまたいでの旅行はやめてください」

とおっしゃっていたが、私たちが軽井沢に行ったのはその少し前のことだ。

しかもほとんどどこにも出かけず、ひっそりと仕事をしていた。おまけに私も姪も二回ワクチンをうっていた……。

え、これでもダメですかね。まあ、お目こぼしをいただくとして先に進もう。

実は今回軽井沢に行ったら驚いた。私は地元でちょっとした有名人になっていたのである。

というのも、某セレブ女性誌の「軽井沢特集」で、私の別荘がグラビアで出ているのだ。

その別荘は平屋の木造で、六十年近く前に友人のお父さまが建てられたものだ。それを友人から譲ってもらったのは六年前。

豪華な別荘はいくらでもあるのに、うちなんかと、最初取材をお断わりしたのだが、

「こういう昭和の建物はもう貴重だから」

と編集部の方に押し切られた。

それがこっちに来るととても評判がよかったのである。

「お金がある方が、次々と軽井沢にすごい迎賓館みたいなものを建てるけど、ハヤシさ

んみたいに古い建物を大事に使ってくれる人は、本当に有難いですよ」

とタウン誌の方からも言われたほどだ。

その「軽井沢特集」は、ネットでも見ることが出来る。別荘族も地元の人もみんな読んでいたらしい。食べ物屋さんやタクシーの運転手さんにも声をかけられる。

「いい別荘をお持ちですね」

そこで素敵な軽井沢ライフをおくるはずであったが、着いた日からずっとどしゃ降りである。友人の別荘がある山の方は「避難指示」が出たそうだ。わが家の前には川が流れているが、いつ氾濫するか気が気ではない。

当然どこに行くことも出来ず、姪と二人ずっと仕事をしていた。つまりワーケーションというもの。雨と緑に囲まれ、うす暗い昭和の家で机に向かうと、やたらはかどるのである。

新作の小説のゲラを持っていったのであるが、どんどん進む。

しかし寒い。石油ストーブをつけるがこの寒さでは散歩にもいけない。セーターを買いにアウトレットに行くことにした。

軽井沢アウトレット。これこそはセレブの方々にとって、唾棄《だき》すべき仇敵《きゅうてき》。

たまたま出会った友人に、

「よくあんなところに行けるわねー」

と軽蔑のまなざしを向けられた。

「え、行かないの？　すっごくお得なものがいっぱいあるよ」

「このコロナの最中に、あんなに人がいっぱいのところ怖くていけないわ」

それよりも、軽井沢に来てまで安いもの漁るなんて、という表情があらわれていた。

「本当のお金持ちで、代々軽井沢に来てる人たちは、あそこには行かないらしいよ。ロウワーな人たちが行くとこだと思っているみたい」

「私たちはもともとはロウワーだからアウトレット大好きだよね。すごく楽しいもん」

と姪。二人で歩きまわった。

それにしても軽井沢にくると、いろんなグループがあるのがよくわかる。昔からのお金持ちに、最近のしてきたIT関係の大金持ち。芸能界関係の方々。作家はアウトローとして、自分たちだけでグループを形成していたようであるが、今は別荘を構える人たちは少なく交流もない。むしろ軽井沢に定住している方々が元気よく、仲がいいようだ。

今回気の合う姪と数日過ごし、とても快適であった。まめな彼女は、スーパーで買ってきたソーセージを焼き、トマトとレタスのサラダをつくってくれる。それを食べながら、

「伯母ちゃんさ、私さ、今回軽井沢来てびっくりだよ。セレブの人って、世の中にこんなにいっぱいいるんだって」

一回だけ友人の別荘にお茶に連れていったのだ。

「まあ、夏はみんなここに集っているからね」

「伯母ちゃん、実は私、25ans《ヴァンサンカン》の愛読者なの。いっぺんあれに出るのが夢なの」

「無理だね」

即座に言ってやった。

「国立大出てるってとこでまずダメ。下から私立のお嬢さまじゃないとね」

「そうかあ……。やっぱりねえ……」

三十歳のバリキャリの彼女が、どうしてそんなことを言うのか。

「別にお嬢さんになりたいわけじゃないけど、一回だけそんな風に扱われたい。出る時は私、髪型も洋服も変えるよ。だから伯母ちゃん、その時はパーキン貸してね」

「いいよ、クロコのもあるからばっちりだよ」

そうか、軽井沢の空気が、彼女にそんな風な願望を持たせたのか。おかしくなった私は、

「さ、ロウワーな私たちは、散歩がてらまたアウトレット行くよ」

と声をかけた。

オリとパラ

パラリンピックの開会式が、とても評判がいい。よすぎるあまり、

「どうしてこのレベルのことを、オリンピックが出来なかったのか」

と、あちらの開会式がまた叩かれている。

私が思うに、オリンピックの開会式、閉会式というのは、

「現代の日本と、古きよき日本を見せる」

という命題が、漠然としてとても大きくむずかしかったのではなかろうか。若い人のパワーを見せようと、たくさんのダンサーを出すと、とたんに野暮ったくなるのがわが日本人の悲しさ。体型的に仕方ない。

おまけに視聴者の頭の中には、さまざまなスキャンダルが刷り込まれている。

「こんなもんに感心してたまるか」

とイジワルな目で見てしまう。

そこへいくと、パラリンピックの開会式はコンセプトがはっきりしている。それは、

「希望と挑戦をいかに表現するか」

ということだ。

だからダンサーの方たちのコスチュームも思いきり派手にして、それがとても可愛かった。グラウンドを飛行場に見立てたパフォーマンスもあかぬけている。

誰もが言うことであるが、主人公の車椅子の少女の、表現力の豊かさに心を奪われた。とても魅力的な少女で、ひとえ瞼なのがさらにいい。涼し気な目がとても日本的なのである。

彼女を優しく励ますように、何人ものエンターテイナーが出てくるが、片腕だけのヴァイオリニストにびっくりした。右手が義手になっているのだが、美しいメロディを奏でることが出来る。あとに出てきた下半身が不自由で、上半身だけで踊るダンサーのカッコいいことといったら。日本にこんなにたくさんの、障がい者のアーティストがいることを知らなかった。みんなすごいレベルで、同情なんてやわいものは撥《は》ねつける……。

などという賛辞を並べるのは私だけではない。次の日、新聞を見てもネットを見ても、パラリンピック開会式を激賞する声ばかり。オリンピックの時とまるで違う。

もちろんパラリンピック開会式の演出がよかったのであるが、他にも何かあるような。

多くの人々は、オリンピックの開会式や閉会式について、あれこれワルグチを口にしたが、モヤモヤは残る。

もはや二度とないと言われる東京オリンピック。それをこんな嫌な気分で締めくくっていいものであろうか。

「葬式みたいな閉会式じゃん」

で終わっていいんだろうか。

やはり何かに感動して終わりたい。いい思い出をつくりたかった、という人たちにとって、パラリンピック開会式はとてもいい中和剤だったのではなかろうか。

そして私の夏は、釧路への旅で締めくくりとなった。

「ちょっと、またアンタ、どっかに出かけてるのね。この緊急事態宣言中に」

と叱られそうであるが、この釧路行きが決まったのはかなり前のこと。

「ハヤシさん、今年も東京の夏はかなり暑いはずですよ。避暑がてら釧路に来ませんか。サイン会をしてくださいよ」

と親しい書店さんに頼まれたのである。

行ってすぐ北海道に緊急事態宣言が出たのであるが、それは到着の二日後のこと。しかも釧路は特定措置区域からはずされていた。お酒を飲むことが出来る。

お酒のことも嬉しいが、私が釧路という街が大好きなのは、ここが日本一本を読むところだから。

「統計でそう出ています」

書店さんがそう言うのだから、間違いはないだろう。

釧路の人たちは本当に本が好きで、ここにはものすごい規模の大型書店がある。長い冬、寒さに閉じ込められる人々は、本を読んですごす。おまけにＡｍａｚｏｎは、北海道東部に届くまでに三日かかる。よってネットで買うという習慣が、このあたりの人たちにはないという。みんな車に乗ってやってくる。広い駐車場はほとんど埋まっていた。

毎年売り上げを伸ばしているというのも釧路ならでは。

「だけどハヤシさん、オリンピック期間中は、本当に雑誌が売れませんでした」

と書店の方はおっしゃる。

「オリンピックの前に東京で緊急事態宣言が出されたけれど、その頃から雑誌がぱったりなんですよ」

「それってどういうことですか。東京と北海道じゃ、すごく離れているじゃありませんか」

「それが、テレビであれだけ毎日やられると、みんな臆病になるみたいですね。本屋に来なくなるんですよ。うちは遠くから車でくるお客さんが多いですが、そういう方がいらっしゃらなくなります」

「そういうの、困りますね」

「ところが、一回分の買い物の金額はとても増えています」

「まとめ買いするってことですか」

「そうです。来る回数を減らして、本の買い物は増やすようですね。でも週刊誌とか買わなくなってしまう。ああしたものは、こまめに買うものですから」

それは困るなあ。私はいろいろな雑誌に連載している。読むのも大好きで、雑誌がなくてはお風呂にも入れない。

が、サイン会が始まるとたいていの方がおっしゃる。

「ハヤシさん、週刊文春、欠かさず読んでますよ」

有難いことである。週刊誌はぜひ毎週読んでいただきたい。

最近の私の楽しみのひとつに、オリンピックを雑誌によってどう書くかを見くらべるというのがある。編集部の考えがはっきりわかるからだ。オリンピック憎しの雑誌もあった。読み比べるのは面白い。が、パラリンピックを非難するところはまずあるまい。

それもちょっとイヤかも。

九月一日

九月一日というのは、私にとって特別の日である。亡くなった両親の誕生日だからだ。人に話すとウソ！　と言われるのであるが、二人は同年同月同日、全く同じ日に生まれているのである。しかし性格は全く違い、生前は本当に気の合わない夫婦であった。

そして大正四年生まれだから、九月一日の関東大震災を体験している。母の話によると、学校から帰り、配りものの紙をぽんと畳に投げたとたん、天地がひっくり返るほどの揺れが起こり、あの時は心底驚いたそうである。これは山梨での話。東京の下町生まれの父ははるかに深刻であった。地震直後、父は祖父の命で裏のせんべい屋に走った。そしてありったけのものを買い、それを担いで後楽園の林に逃げたそうである。大量のせんべいは人にも分け、自分たちも囓《かじ》って生き延びたという。もっとたくさんのことを聞いておけばよかったと思うものの、もう二人はあちら側に行ってしまった。

「孝行のしたい時分に親はなし」

というけれど、

「昔話聞きたい時分に親はなし」

ということか。しかし若い時に、親の昔話を聞きたい子どもがそういるとは思えない。説教が混じってくるから、うざったらしいだけである。

最近私は、このオリンピック、パラリンピックが、後の世にどんな風に伝わるのかを考えるようになった。

「大成功」とまでは言わないけれど、このコロナ禍、日本はよくやったと思う。最初はあれだけ叩かれたけれども、朝日新聞以外マスコミはみんな「手のひら返し」になり、いつのまにか「熱狂」と「感動」を繰り返すようになった。「やってよかった」という声は、読売新聞調べで六十四パーセントにも達した。

それでますます朝日は意地になっているらしい。オリンピックがいかに金まみれの無用の長物だったか、キャンペーンを繰り広げるようになった。週刊朝日も含めて、知識人といわれる人たちが、口を極めてオリンピックを否定していく。

このあいだは記者までが、

「これほど国民からかけはなれたオリンピックがあっただろうか」

と書いていて呆然とした。

だけど開会式も競技も高視聴率。あれだけ多くの人がテレビを観てたんですが。

私は思うのであるが、オリンピックをやってよかった、とても楽しかった、という人たちは違う意見の人たちに対して寛大である。

「いろんな考えの人がいるんだね」

というぐらいのものだ。

しかし反対派は、賛成派に対しては攻撃的。怒りさえ持つ。なんと無知、無見識だと。

「オリンピックを擁護した文化人、芸能人は責任をとれ」

が、人が感動したことを誰に咎める権利があるだろうか。本当に感動し面白かったのだ。そしてそれはパラリンピックにも続いている。パラリンピックをこんなにじっくり観たのは初めてだ。そして目が離せなくなった。

今朝友人から長いＬＩＮＥが。

「朝からしとしと雨が降りしきりパラリンピックの陸上選手も大変そう。オリンピックの画面と自宅の窓外が同じお天気、というのはもう人生で二度と体験できないと思うと雨ひとつすら感慨深いです。

オリパラ開催できてよかったと思います。今回初めてパラリンピックを真剣に見ました。コロナ禍で心が折れる日々が続くなか、パラリンピックの選手の奮闘ぶりを見ていると、オリンピックとはまったく質の違う、もっとパーソナルな感動を覚えます。私も一緒に頑張りたい、いや、頑張らなくてはという気にさせてもらってます」

「それぞれの障害の中で精一杯、ただただひたすら努力している人たちの祭典である。その正しさと美しさ。現実社会ではいまだ成し得ていない正しさ（フェアネス）がここにはあります」

私も同意見である。

この夏、オリパラがなかったら、私たちの生活はどれほど味気なく、つらいものだったか。

そんなことを考えていたら、眞子さまが年内にご結婚なさるというニュースが入ってきた。結婚後はニューヨークでお暮らしになるそうだ。

これも意見がまっぷたつに分かれている。

反対派はネットを中心に、

「もう皇室はなくしていい」

「税金を遣ってあんな男と結婚するのは許せない」

とえらい見幕である。

私はこのニュースを聞いて、古ーい歌を思い出した。「花嫁」という大流行したフォークソングである。

「花嫁は夜汽車にのって

とついでゆくの
あの人の写真を胸に
海辺の街へ
命かけて燃えた
恋が結ばれる（中略）
何もかも捨てた花嫁
夜汽車にのって」

眞子さまにぴったりの歌ではないか。

反対派は、

「小室母子が皇室に入るのか」

と激昂しているがそうではないのはあきらかだ。眞子さまが皇室を離れるのだ。今後は、皇室の行事に参加されることはない。国民感情を考え、一時金も受けとらないご意向だという。

若い二人は本当に愛し合っているんだろうなあ。小室青年には言いたいことはいっぱいあるが、こうなったらもう仕方ない。国民の一人として祝福するしかないだろう。

この「眞子さま」問題も、オリンピックと並んでリトマス紙のようなものかもしれない。情緒に走る人間と、理智を第一に考える人間。こんなにギスギスし始めたのはネットの発達ゆえか。

みんなそんなにいきり立たなくてもと感じる九月一日であった。

それにしても今週は引用が長くて失礼。

「花嫁」作詞／北山修　作曲／端田宣彦、坂庭省悟

声にこだわってます

九月のある日、サントリーホールへ。

三枝成彰さんが企画、主催する「日本三大テノールの世界」と題する公演が開かれたのである。

コロナ対策で客席を減らしていたが、日本を代表する三人の歌う「誰も寝てはならぬ」「星は光りぬ」「花の歌」といったテノールの名曲に、お客はみんな大満足であった。

テノールとひと口に言っても、三人の声は個性がまるで違っていて、それを聞き分けるのは本当に楽しい。

スター性バツグンで、華やかな歌声のジョン・健・ヌッツォさんは本家で例えるとドミンゴか。繊細で甘い歌声の樋口達哉さんはホセ・カレーラスということになる。ものすごい声量の笛田博昭さんは、サントリーホールいっぱいに声を響かせて、この方はもちろんパヴァロッティ。

この三人の歌声は、コロナ禍でささくれだった私の心にしみていく。

ああ、人間の生の声ってなんていいんだろう。

プッチーニって本当に演歌だよなあ。あざといくらいこちらの心をわし摑みにする……。

そのうち私は気づいた。わが弟があちらにいることを。サントリーホールのステージの後ろ側は階段状の客席になっているのであるが、今日は六本木男声合唱団ＺＩＧ－ＺＡＧのメンバーが立っている。最初はマスクをしていて気づかなかったが、右のバスの位置にいた。

子どもの頃、これといった音楽教育は受けなかった私たち姉弟。私はピアノはバイエルで終わり、弟はエレクトーンぐらいである。それなのに大人になると、二人ともオペラが大好きになった。

最近私は観客専門であるが、弟はこうして三枝さんの合唱団に入れてもらい、歌うことが生き甲斐になっている。海外遠征も何回か参加し、ロシア、サンクトペテルブルクでの公演ではナレーションという大役も担ったほどだ。

他に取り柄は何もないが、彼はとにかく声がいい。低くよく響くバスである。もっと遅く生まれていたら、声優というものになれたかもしれないとさえ思う。

私は昔はソプラノで、声がキレイと誉められたこともある。クラシックの声楽を習い、調子にのってステージに立ったことも。

が、加齢と共に声はどんどん低くなり、初対面の人には「コワそう」と言われたりする。だから可愛らしい声の人が本当に羨ましい。

売れっ子のある女優さんと対談したら、アニメ声が本当にイヤでイヤでたまらなかったとおっしゃる。アニメ声というのは、アニメーションに出てくる女の子のような、幼く愛らしい声。先天のもので、私などとても羨ましいのであるが、ご本人は、

「この声のせいで、役も限られます」

と首を横に振る。

昔、可愛がっていた年下の女の子がこの声であった。当時はアニメ声という名称がなく、私はよく「ブリッコ声」とからかったものだ。

「ヒドイ、アタシ、ブリッコなんかしてません」

とむきになると、声がさらにたどたどしくなり、

「ほら、それがブリッコじゃん」

さんざんいじった私。彼女とは今でもつき合いがあるが、中年になってもやはり同じ声。先天というのは本当のようだ。

私のまわりにも、この声の持ち主が二人いる。一人は東大卒の研究者で、もう一人は主婦。職業も年齢も違う二人であるが、共通しているのは、性格が穏やかで優しいことだ。そして顔の表情やしぐさが愛らしいということであろう。私などこの半世紀口にし

たことがない、

「イヤーン」

という声を時々発するが、それがとても似合う。おそらくこの声で怒鳴ったり、すごんだりしてもまるで役に立たないということを子どもの頃に悟ったに違いない。

「声が人の性格を左右している」

というのもありだろう。

この頃、人の声についてあれこれ考えるのは、ドラマ「ボイスII」を見ているからに違いない。真木よう子さん扮する、ボイスプロファイルの専門家は、さまざまな声や音から事件の真相に迫ろうとする。目を閉じてじっと声に聞き入る彼女。そこから記憶をたどることも出来る。

このあいだNHKの「映像の世紀プレミアム」で、前のオリンピックが行なわれた、一九六四年の東京を特集していた。

アナウンサーが街の人々にインタビューをしていく。その際気づいたのであるが、年配の人も若い人も、今より声がやや高く喋り方がフラットなような気がする。録画のせいもあるかもしれないが、やはり今の街頭インタビューの声とは雰囲気が違う。

そこでまた思い出す声がある。これまたテレビで見たのであるが、

「日本人の言葉はいつから変わったたか」

というテーマで、百二十一年前の日本人が喋ったテープを流した。驚いたことに録音が残っていたのである。

パリで開催された万国博覧会で、日本は、〝女性〟も出品した。新橋の芸者さんたちで、唄ったり踊ったり、お茶をたてたりしてものすごい人気だったらしい。

この時、芸者さんを引率していった置屋か料亭の女将さんの声が、おそらく他国の録音技術によって残っていたのである。

「だからさ、私は言ってやったのよ」

どうでもいいような会話の内容で、花街の人らしく早口で小気味いい。現代とまるで変わっていないことに本当に驚いたが、あたり前のことだろう。渋沢栄一さんや慶喜さんの語り口調もぜひ聞きたかった。

ところで、これほど声と喋りにこだわるのに、よく「ぶっきら棒」と書かれる私。なぜだろう。知的に見せようとするあまり、低い声で話し、笑ったりしないせいか。が、ちゃんと喋ろうとするとふつう顔はこわばる。微笑みながら明瞭に話せる女子アナウンサーの方々が不思議で仕方ない。

女性総理って

その投書を読んだのは、今から二カ月前のことである。

朝日新聞の「ひととき」。

「5人きょうだいの末子が素敵なパートナーと結婚しました。5人の中でも一番の努力家で、小さい頃からの夢を実現するため努力を重ね、今は医師として働いています」という書き出しで、最初は単なる子ども自慢かと思った。が、すぐに衝撃的な事実がわかる。

お子さんが高校二年生の時に保健室に呼ばれ、本人から性同一性障害を打ち明けられるのだ。女性として生まれたが、男性の心を持っている。なんとか理解して欲しいと。それから手術や改名があった。五年前にすべてが終わったが、それまでこの投書のお母さんはどうしても事実を受け入れられなかった。しかしようやく〝息子〟となった子の結婚を、心から喜べるようになったそうである。

内容も驚きだが、知的なとてもいい文章で深く心に残った。まわりの何人にも、

「『ひととき』にこんなのがあった」

と教えたぐらいである。

素晴らしいお母さんだなあ、と感嘆したのは私だけではなかったようだ。大きな反響があったらしく、先日新聞の生活欄で大きく特集が組まれていた。

息子さんカップルは来年三月には結婚式も挙げるそうだ。

こうした性と心が一致しない人たちも、今は社会にも受け入れられ、ちゃんと幸せになっていく。よかった、よかったと思いつつテレビをつけたら、そこにはアフガニスタンの〝今〟が映し出されていた。

女性の権利と自由を求めて、デモをしている人たちに向かって、タリバンが鞭をふるっているではないか。何もしていない女性に向かって。怒りで体が震えてきた。

このあいだまで北朝鮮に生まれなくて本当によかったと思っていたが、今はアフガニスタンだ。女性ということだけで、学ぶことも働くことも許されない。女性から男性になる、などということは理解もされないし、許されることでもないだろう。

日本に生まれて本当によかったと、しみじみ思ったのであるが、そうとばかり言っていられないのが昨今の状勢。

今回の自民党総裁選をめぐって、なんか日本のイヤなところがいっぺんに吹き出したという感じである。

私は日本でも女性の総理大臣が早く出てきてほしいと心から願っている。だが、女性なら誰でもいいというわけではない。

しかし男性の政治家の中には、

「女の総理出せば女が喜ぶだろう」

と考えている人たちが何人かいたらしい、最初のうちは。が、どうもそうではないようだと考えるようになったのは、女性の識者が次々と女性の総裁候補を批判し始めたからではなかろうか。

これについて、また異議を唱える人たちもいる。がっかりするのは、

「女の敵は女」とか、

「女の足をひっぱるのはいつも女」

という古ーいフレーズがいっぱい出てくることだ。

確かにフェミニズム的見地の識者の言い分には、私もあれっと思うこともあるが、それでもきちんと論陣を張り、文章を尽くしている。それなのに、女が女を批判するということだけで、嫌悪を持つ人の何と多いことか。

昔、ある人が言った。

「女が男を叩くのは革新的なことであるが、男が女を叩くのは旧態依然のこととされる」

それに加えて「女が女を叩く」のは、常に矮小化《わいしょう》されると言いたい。嫉妬しているとか、目立つ女が気にくわないんだろうとか、あれこれ邪推されるのだ。

つい先日、友人たちとこんな話をしていた。

「好きな女性政治家だと、私は○○○さんかな。彼女は頭がいいのに加えて、さっぱりしているのがいいなあ。ヘンな服も着ないし」

「私もあの人は好きだな。そこへいくと△△△さんは苦手だなあ」

「そう、そう、えらい政治家のジイさんたちに媚《こび》を売りまくっていた、っていう噂だもんね」

「確か、あの人って×××の愛人だったんだよね。有名な話じゃん」

すみません、ここからは無責任な噂のオンパレードになり、とても書くことは出来ない。

しかし途中で私は気づいた。

「あれ、私たちが話していることっておかしくない」

だってそうであろう、若い男性の議員が、えらい大物政治家にすり寄っていくのはあたり前のことだ。お酒も一緒に飲むだろうし、べったりと四六時中つき合うことだってあるだろう。

「それなのに、どうして女性の政治家が同じことをしてはいけないの」

愛人になっているかどうかは別問題として、とにかく権力を持つ人のところへ近づいていって、そこから何かを得ようとするのはあたり前のこと。野党は野党で別バージョンでやっているはず。

「女性の政治家に偏見持っていたのは私たちかもしれないよ」

男の人と同じように、どろどろと修羅場をくぐってきてもいいから、とにかく力がある女性総理。感じが悪くたっていいから、実行力のある女性。最近綺麗で若いリーダーが、世界でいっぱい生まれているが、私はメルケルさんが好きだなあ。賛否両論あるかもしれないが、あの髪型、しゃれっ気のなさ。

「外見、体型で何か言わせないわよ。許さないわよ」

もちろんあの剛腕さ。

日本でもあんな女性政治家が生まれてこないかなあ。男性に本気で嫌われ、怖れられる政治家が。などと言っていたら、さっき野田聖子さんが総裁選に立候補するというニュースがとび込んできた。俄然《がぜん》面白くなってきた。私たちは、高市早苗さんと野田さんという女性が二人、最高権力をめぐって、フェアに戦うさまを、初めて目にすることが出来るのだ。

不条理について

芸術の秋である。

コロナの感染者が減っていることがあり、昨年と比べはるかに活気があるシーズンとなった。

エンタメ業界もすっかり解禁となり、このところ毎日のように出かけている。

全く劇場くらい楽しいところがあるだろうか。あのうっすらとした闇の中に身を沈め、肉声なり生の音楽を聞く喜びは私が最上とするものだ。この頃マスクのせいで、口元がふわーっと温まり外界と遮断されたようになる。それが眠気を誘う。何ともいい気持ち。わからないようにうとうとするのはとろけるような心持ちだ。

もちろん面白いものは、目をぱっちり開けて見ているが。

今週は歌舞伎座に「東海道四谷怪談」を観に行った。仁左衛門さんと玉三郎さんが、三十八年ぶりに伊右衛門とお岩を演じるために、たちまち売り切れたそうだ。一緒に行く友人が来られなくなったために、急きょ姪っ子を誘った。

彼女は歌舞伎を見るのが二回めで、一度めも私とだった。若い子と感想を話し合うのは新鮮でとても楽しい。

彼女は本気で憤慨《ふんがい》していた。

「お岩さん、可哀想過ぎるよ。あまりにもひどい話だと思わない？　私見ているうちに腹が立って腹が立って」

「玉三郎さんが今の言葉聞いたら、すごく喜ぶと思うよ」

そう、お客さんを怖がらせるために演じているわけじゃないんだ。

私は仁左衛門さんが演じる民谷伊右衛門の、あまりの美しさ、色気にうっとり。こんないい男だったら、若い娘が恋焦がれ寝ついても無理はない。その娘の願いをかなえるために、お祖父ちゃんやお母さんが、殺人を考え出しても仕方ない……とまで考えてしまう。

「お金を渡して出ていってもらえばいいのに」

というのは現代人のあたり前の考え。不条理をいかに自然に見せるかが芝居というものであろう。

不条理といえば、歌舞伎から二日後、安部公房のお芝居「友達」を見に行った。

安部公房といえば不条理、不条理といえば安部公房。高校生時代「砂の女」を読んで、「よくわからん」と思ったものの、夏休みの感想文に選んだ記憶がある。頭がよさそうに見せるための当時は必読書だったのだ。そうあの頃、安部公房さんとか高橋和巳さんとか、知のヒーローであった。ふつうの高校生や大学生がちゃんと読んでいたのである。一九八四年、久しぶりに新作「方舟さくら丸」を発表された時は、サイン会にものすごい数の人たちが並び、ニュースにもなったほどだ。いかに読者がいたかという証であろう。私も買って読んだが相変わらず難解で、これがベストセラーになるのは驚きだった。

もっと驚いたのは、安部さんの死後、愛人の女優さんが手記を発表したこと。朝ドラの主役もやったことがある、かなり有名な女優さんで、

「やはり自分の存在を、世間に知らせずにはいられないんだろう」

と深い感慨にうたれた。たとえ奥さんや子どもがいようと、自分がなかったことにされて、文学史から消えていくのは耐えられなかったに違いない。

余計な前置きが長くなったが、安部公房さんの戯曲《ぎきよく》を見るのは初めての経験である。すごくむずかしそう。しかしこの公演は、当代の名優をずらり揃えての新しい演出。面白そうだ。

不条理の意味は、道理にあわないこととある。

一人の若い男性の住むアパートに、ある日九人の家族が突然乗り込んできて居座ってしまう。不条理このうえない。

男の抗議は、家族九人の笑い声に消されてしまう。最初この家族は明るくて自然で善意に充ちている。観客はいつしか、

「このままでもいいのではないか」

とちらっと考え、

「いや、いや、それは間違っているだろう」

と自問自答し、少しずつ不安になっていく。家族が何度も口にする「多数決」という言葉の不思議さにもとらわれていくのである。不条理はシュールと隣り合わせ。とにかくふつうじゃない。いつもとは違う劇の興奮を持ち、劇場を後にした。

この高揚を誰かに告げたかったのであるが、生憎《あいにく》私は一人。人の流れに沿って駅へと向かった。そして私の住む駅で降り、夜の静かな道を歩いていると、まん丸なお月さまが煌々《こうこう》とあたりを照らしている。そう、今日は中秋の名月なのだ。

あまりの美しさにしばらく立ち止まって眺めた。そしてあることに思いあたった。

「これって、眞子さまの月なんだわ！」

四年前の記者会見のことを憶えておられるだろうか。初めて私たちの前に現れた小室青年はこんなエピソードを明かしたのだ。

「ある夜綺麗な月を見つけ、思わず宮さまにお電話しました。それから綺麗な月を見るたびにうれしくなり、お電話するようになりました。宮さまは私を月のように静かに見

守ってくださる存在でございます」

この時、

「自分が太陽と言われて、宮さまを月だなんてけしからん。反対だろう」

という意見が出たものの、おおむね国民はこの婚約を祝福していた、当時は。

今夜のような見事な中秋の名月は、八年ぶりという。交際はその一年前に始まっていた。小室青年は、八年前の満月の夜にロマンティックな電話をかけたに違いない。

あれ以来、ありとあらゆる識者が、理《ことわり》を説いていく。歴史的にも、道義的にも、そして国民感情からみても、この結婚は許されるべきではないと。多くの素晴らしい文章、多くの価値ある議論も眞子さまの心には届かない。満月のような輝かしい恋の希望があるだけ。

恋ほど不条理なものはないのだろう。もはや何を言ってもムダ。これからは無視という祝福をお二人にさし上げませんか。

ついてるかも？

それにしても、自民党ってなんてついているんだろうか。

専門家も首をひねるほど、コロナ感染者が劇的に減った。

「もしかすると、スガさんってちゃんとやってたのかもしれない……」

と国民がふと思った頃に、総裁選が始まった。これが大盛り上がり。

今までは派閥のバランスで選ばれているという感じで、まるで興味がなかった。しかし河野さんとか高市さんとか、キャラの濃い人たちが出てきて、ネットもすごい熱気につつまれた。結局は岸田さんという穏当な結果になったわけであるが、この二週間は本当に面白かったなあ。新聞もテレビもそればかり。

途中、櫻井翔さんと相葉雅紀さんが結婚という大ニュースが飛び込んできたが、それも一日で収まり、やはり大人の人々の関心は総裁選に。

ところで、LINEニュースの号外で、

「櫻井翔と相葉雅紀が結婚」

という文字を見た時、心臓が止まるかと思った。二人が同性婚した、と受けとったのだ。日本語はむずかしい。私以外にもこう受けとった人が多かったらしく、ツイッターに出ていた。誤解を招く言い方だ。

「櫻井翔と相葉雅紀が同時結婚」

とか、

「櫻井翔と相葉雅紀がそれぞれ結婚」

と書いてほしかった。

とにかく、嵐にも総裁選にもみな大興奮したのである。私も毎晩のように、友人とLINEであれこれ言い合った。

ほぼ同時期に、小室圭さんも帰国していた。

「マリコさん、どう思う、あのロン毛!?」

いろいろ質問されたが私は答える。

「私はもう無視することにしたの。週刊文春にもそう書いたし」

まあ大変な一週間であった。

そんなさ中、私は札幌に出かけた。ここで講演会があったのだ。

久しぶりの講演会、かなり緊張する。日帰りのつもりであったが、知り合いから連絡が来た。

「その日は泊まって、夕ご飯を一緒に食べませんか。次の日は小樽に観光に行きましょうよ」

小樽か、懐かしいなあ。

ここを訪れるのは十数年ぶりのことになる。

街は驚くほどの変わりようであった。以前は風情のある港町であったが、今や主だった古い建物は、ほとんどが回転鮨屋になっている。そうでなかったらスイーツ店。インバウンドのための観光地になっていた。

もはや日銀小樽支店も営業していないということ。私が最初に訪れた二十数年前、荘厳な建物は、中にちゃんと人がいて仕事をしていた。支店長さんもいらして案内してくれた。

どうして歓迎してくださったかというと、何代か前の小樽支店長さんと、私の友達で有名人の女性とが電撃結婚をして、その時えらい騒ぎになっていたからである。かなり興味シンシンで尋ねられた。

「本当に結婚したんですか」

結婚したその方は、五十三歳まで独身で、華やかな有名人と結婚するなんてどうしても信じられなかったようだ。

「入籍なさって、とても幸せそうですよ」

「ふうーん、彼がねぇ……」

帰りにお土産をくださった。古い紙幣を細かく切ったものをビニール袋に入れ、キーホルダーにしたものだ。

その夜は友人たちと、芸者さんがやっているバーへ行った。八十五歳の方と、七十代おわりの方が二人いたと記憶している。

三人ともオーダーしたものを、まるで忘れてしまう。

「〇〇ちゃん、えーと、こちらのお客さん何だっけ？」

「水割りじゃなかった？」

「違うわよ、お酒よ、お酒。熱燗よ」

騒々しく運んでくれるのだが、コップを持つ手が震えている。

「あ、もう、こちらでやります」

お盆ごともらった。

しかし踊りが始まると、みなしゃんとする。そこの店はカウンターの向こう側が畳になっていて、三人が潮音頭《うしお》とかを踊ってくれたのだ。

ここでも話題は、あの支店長さんのこと。

「私たちもよく知っている方なのよ。あの方が結婚するなんて信じられないわよー」

かなりユニークな方のようで、いろいろなエピソードを聞いた。今でも小樽というと、あの支店長さんのことを思い出す。年配の芸者さんたちの踊りもよかった。夜のあかりも大層美しかったあの街。それが幻のように、消えてしまった。私の友人も、支店長さんと別れてしまって何年にもなる……。

そして今日は九月の三十日。明日からはついに緊急事態宣言が解かれるのだ。

実は二週間ぐらい前から、ＬＩＮＥがじゃんじゃん入るようになった。夜のお誘いである。やっとお酒も飲めるようになるのだ。

今まで、いろいろな人と、

「緊急事態明けたら会おうね」

と約束していた。それが次々とかなうのである。自慢じゃないが、十月のスケジュールはほとんど埋まり、今は十一月に入っていく。しかし相手の言う日とどうもうまく合わない。

「だったらもう、十二月の初旬にしようよ」

しかしと私は考える。そんな先の約束をしていいものであろうか。もしかするとリバウンドによって、また何か制限がかかるかもしれない。

が、私はまた考える。コロナでじーっと我慢していた月日は本当につらかった。それにひきかえ、楽しいことでスケジュールが満杯になるっていうのは、なんていいんだろう。人間はそのために生きているのではなかろうかと。あまり先のことを心配するのはよそう。そして明日以降は、そういう人たちが街に溢れることであろう。

もちろん誉められないことだけど仕方ない。

「日本はついてるかも」

とみんな思い始めているのだから。

気がかり

やっと緊急事態が明けた。

先週もお話ししたと思うが、今も毎日のようにＬＩＮＥが入ってくる。ご飯を食べようという誘いだ。

こんなにたくさんの人たちと約束していたのかと驚くほど。「鮭漁の解禁」といった感じで、あれこれどっと流れ込んできた。

ついに十一月もいっぱいになり、スケジュールは十二月になっていく。

大丈夫であろうか。この頃第六波が来ていないだろうか。ますます私はデブになり、健診結果の数値が上がっている、なんてことはないだろうか。

が、とにかく楽しい予定をいっぱいに入れる。

とりあえずは十月二日、中華料理店へ行き上海《シャンハイ》蟹を頼んだ。

「シーズン始まります」

というハガキをお店からもらったばかりなのだ。

私はミソのたっぷり詰まったオスを頼もうと思ったのだが、

「今はメスを食べた方がいいですよ」

とお店の人から言われた。やがて卵をつけたメスの蟹が登場、これを紹興酒で口の中にとどめていく。やがて一緒に飲み込む。

ぶは〜。ああなんて美味しいんだろう。私は写真に撮り多くの友人に送った。

「今日からは堂々と飲める幸せを味わっています」

いえね、正直なことを言えば、時々破ったこともありましたよ。

「あそこに行けばこっそり飲ませてくれるらしい」

という情報を元に、知らないお店を訪ねたこともある。個室にしてもらい、かなり気を遣ったが……。

が、そんな店ばかりではない。たいていの店はきっちり守っていた。

いつもの和食屋さんに行ったら、お酒は出せないと言われ、ノンアルコールのビールとハイボールを頼んだ夫は、

「これじゃ食べた気しない」

とぶつぶつ言っていたっけ。

それが晴れて飲めるのだ。もっとガンガン飲んでやるぞー、と心づもりしていたのであるが、いざ解禁になってみるとそうでもない。たまにコソコソ飲んでいても、アルコ

ールにすごく弱くなっているのだ。ワインもグラスで三杯ぐらい飲めばもういっぱい。焼酎なら二杯ぐらいか。何よりもこの一年半の間に二軒めに行くという習慣が全くなくなってしまったのである。

昨日も六本木のイタリアンに行ったのであるが、その前に私はみなに情報を流しておいた。

「麻布十番にこんなステキなバーが出来たそうです。近いし食事の後にちょっと行きませんか」

他の三人も、

「いいよねー」

「行こう、行こう」

と盛り上がっていたのであるが、八時半、食事を終えたらすっかりその気を失くしていた。三人は四十代でまだ血気盛んなはずなのに。

「食事をしてお酒飲んで、もう一軒、二軒行ってたなんて信じられない。ついこのあいだのことなのに」

「本当、本当。久しぶりにお酒をしっかり飲んだせいか、もう体が疲れている」

口々に言う。

帰りのタクシーに乗って考えた。これでは銀座は大変だろうなぁと。

銀座のクラブなどには普段は縁のない私であるが、それでも文壇華やかなりし頃は、渡辺淳一先生のお伴《とも》で高級店に行ったことがある。

それとは別に私たち作家を学割で飲ませてくれる「文壇バー」というところがあり、そこでは自分で払うことも出来た。

文壇バーというのは、元文学少女のママがやっていて、作家や編集者が多く出入りするところ。ところが最近、名物ママが次々と亡くなり、「文壇バー」は絶滅危惧種となっている。

私が知っているところで、もう三軒ぐらいか。そこのひとつのママから、

「作家が来てくれるから文壇バーなのよ。作家が来てくれないとただのバーになっちゃうの」

とよく言われているのだが、コロナ下、出かけたのは緊急事態宣言が出る前、二回ぐらいか。ママさんからはしょっちゅうＬＩＮＥがくる。このままではやっていけないと、頼まれて十一月にはこの店でサイン会をすることになった。私ごときでお客が集まるなら、出来る限りのことをしたいと思う。

ママからは今日もＬＩＮＥが。店の守護神であったさいとう・たかを先生が亡くなって大ショックだという。毎日泣いているとか。

「元気を出してくださいね。私も近いうちに行きますから」

と打って送るけれど、もうカラダが動かない。食事を終えコーヒーを飲み終わると、そこが銀座であろうと、

「タクシー呼んでください」

ということになる。えーと、今はお酒提供は八時まででしたっけ。コロナ禍で廃《すた》れたものがあるとしたら、それは「二次会文化」かもしれない。お腹は満たされても、まだもの足りない、話し足りない。クラブじゃなくても、小さなバーやスナックに行くのはあたり前であった。

もっと若い時は、三次会、四次会もあり、ラーメンを食べながらビールを飲んだっけ。それはもう絶対に無理。

コロナで太った人と痩せた人がいるが、太った人はきっちりルールを守った人に多い。お店になんか行かず、うちで毎食食べていて体重が増えたそうだ。

私はコロナの最初の頃に限界まで太り、洋服がみんな入らなくなった。いろいろダイエットをしてちょっと体重を落とした。もっと痩せたいのであるが、毎晩のように予定は入っている。二次会もやがて再開する日がくるであろうが、そんな体力、気力はあるのか……気がかりだ。

そんなことより、仕事ちゃんとしろ、と誰かが言っている。

富士登山

生まれて初めて富士山に登った。

というと、ちょっと驚かれる。

「山梨で生まれ育ったのに？」

山梨県人というのは、富士山があまりにも身近にあるため、登ることを考えていないような気がする。私のまわりにもほとんどいない。少なくとも、高校時代登った同級生は誰もいなかったし、クラス会で話題に上ったこともない。

まあ、今回登ったといっても、五合めまで車で行ったのである。今までは富士急ハイランド止まり。その先にこんな素敵なドライブウェイがあるとは。森の中を走り、案外早く五合めに到着した。駐車場やお土産屋さんがちゃんとある。

こんな時であるうえに、平日だから観光客はとても少ない。

「紅葉が始まってるし、風も気持ちいい。とてもいいところですよねー」

「ハヤシさん、そう言うけどコロナ前は全く別のところでしたよ」

案内してくれた人が言う。

なにしろ五合めまで来る人は、年間五百万人超え。インバウンドの人たちも押しかけてくる。中国の人だけでなく、欧米の人たちも、〝フジヤマ〟には強い憧れと興味を抱くのだ。

ハイシーズンには規制をしているものの、道路は大渋滞、トイレは大行列。大変なことになる。

写真を見せてもらったが、私が立っている五合めの広場は、ぎっしりと人で埋まっていた。毎日が何かのお祭りのようだったという。

「ここから頂上まで行く人は夏だと数珠つなぎになります」

一列になってゆっくりと登るそうだ。

びっくりすることを聞いた。五合めからTシャツやビーサンで頂上をめざす人がいるというのだ。

「富士山に登ろうと心に決めた人だけが富士山に登ったんです。散歩のついでに登った人はひとりもいませんよ」

と言ったのは、ジョージ秋山さんが描いた〝浮浪雲《はぐれぐも》〟さんである。この言葉を長く「座右の銘」にしている私としては、どうしても信じられない。

「本当ですよ。私が初めて登った時、Tシャツ一枚で震えている外国人のグループがいましたよ。そうしたら私を連れていってくれたガイドさんが、リュックから簡易防寒着を出して貸してあげてました」

「みんなエアーズ・ロックに登る感覚だったんですね」

エアーズ・ロックというのは、オーストラリアにある大きな一枚岩だ。〝大地のへそ〟と言われる。私が、三十数年前に行った時は、観光客がみんな登っていたが、降りるのがコワそうでやめてしまった。見上げれば頂上が見える低さであるのに。しかしボランティアがいて、降りるのが困難な人をサポートしていたと記憶している。次に行ったら、登ってもいいかなー、と考えたのであるが、その後入山禁止になったそうだ。

ビーサンの彼らは、富士山を、あのような山だと考えたのではあるまいか。確かに五合めから上を眺めると、富士山はとてもやさし気になだらかにそこに立っている。

「頂上に行くにはどのくらいかかるんですか」

「とても狭いところをのろのろ歩きます。私の足で五時間半かかりました」

案内してくれたのは若い女性だ。

「途中でトイレはあるんですか」

「ありますよ。そこで済ませるようにガイドさんが注意してくれますから大丈夫です」

頂上に到着し、山小屋で一泊したそうである。そこで見た朝日の美しさは、一生忘れられないものとなったそうだ。

「ハヤシさんもぜひ登ってください」

が、運動嫌いで根性なしの私が、とてもたどりつけるとは思えない。

「一生に一度は登りたいと思うけど、私には無理だよね」

ジムのトレーナーさんに何気なく話したところ、彼女はずっと前に一度だけ頂上まで登ったというではないか。

「つらくなかった？　あなたみたいに運動能力のすぐれた人は大丈夫か」

「ええ、当時は高地トレーニングもしていたから、わりとどうってことなく行けましたよ。仲間もみんな確かスニーカーで行ったと思います」

「えっ！　登山靴じゃなかったの!?」

「ええ、スニーカーです」

しかも頂上では泊まらず、日帰りだったというではないか。今回、富士登山のイメージがかなり変わってしまった。

何の知識もなく、Tシャツやビーサンで登山する不届き者がいるということ。

そして運動のプロが登れば、日帰りも可ということ。

帰りに河口湖をまわったのであるが、コスモスと湖の向こうに眺める、富士山の美しいことといったらない。こんなに整った形の山は、世界でも類がないのではなかろうか。

山梨県人の私としては、あまり言いたくないのであるが、新幹線で静岡あたりで見る富士山も素晴らしい。頂上に雪をいただいた富士山が、すぐ目の前に迫ってくるのである。しばし見惚れてしまう。

ところがこれに全く気づかない、外国人観光客の何と多いことか。お喋りに興じていたり、パソコンやスマホを見つめて窓の方に注意を払わない。

「ルック！」

と叫びたいところであるが、そうもいかない。仕方なく、窓に向かって一人芝居をする。

「わー、わー、まあ、なんて綺麗なんでしょう！」

大げさに声をあげ立ち上がる。そしてスマホでばしばし撮る。

しかしこれほどのことをしても、窓を見てくれないどころか、迷惑そうに眉をひそめられることもしばしば。アナウンスを流してくれる車掌さんもいるが、毎回してくれたらどれほど嬉しいか。

今度から、もし私の注意喚起で窓を見てくれる外国の人がいたらこう言ってみよう。

「私は富士山登りましたよ、途中までだけど半分までは行ったんです」

急かさないで

長い秋の夜。

緊急事態宣言が明け、毎晩のように会食がある。しかしたいてい六時から始まるので、九時ちょっと過ぎには家に帰ることが出来る。

スタートも早くなり、二次会もない。これは何度でも言うが、コロナによってもたらされた新しい習慣。

そして急ぎの仕事がない限り、私の楽しい時間が始まる。今年は秋ドラマが豊作。「ラジエーションハウスⅡ」「ドクターX」はもちろん見て、続いて「SUPER　RICH」もチェック。「最愛」「恋です！」「真犯人フラグ」もはずさない。

今、いちばんのお気に入りは日曜劇場の「日本沈没」だ。このドラマの前から、大きな地震はあるし、最近は阿蘇山の噴火があった。現実と重なってきて、見ていてぞくぞくする。そしてこのドラマは、ネットフリックスが同日配信。お金をいっぱいかけているので、潜水艇の場面など、本当にリアルだ。

ネットフリックスといえば、今、話題の「イカゲーム」は、友人に勧められて見た。後味が悪い回もあるが、面白くて途中でやめられない。結局、二時、三時までテレビの前にいることになった。

ひとえに私がこれほど大量のドラマを鑑賞出来るのも、録画機能が付いているおかげである。新しい液晶テレビを買った時に、この文明の利器がついていた。おかげでワンタッチで、録画することが出来る。

今まではそうではなかった。録画の仕方がよくわからず、夫や子どもに頭を下げて頼んでいた。ブルーレイで、どうのこうのがよくわからなかったのだ。

「ヒトが出かける直前になって、こういうことを頼むんじゃない。自分で少しはやれっていうんだよ」

と、ねちねち夫に言われたものだ。

しかし今の私は、自分の見たいものを自由に録画出来るのだ。

そもそも私は機械と相性が悪く、うまく使えたためしがない。子どもの頃から、言われ続けた。

「憶える気がない。憶えようとしない、だから出来ないんだ」

そうはいっても、この時代、ネットと無縁に生きていくことは出来ず、私は確実に進化しているはずだ。

Ｓｕｉｃａを使い始めたのは、もう二年も前のこと。夫がスマホの中に、〝お財布〟のアプリをいれておいてくれた。ここに預金口座からお金を移しておけば、小さな支払いや、交通機関の利用もすべてＯＫになる。

初めてチケットでなく、スマホをかざして改札口を通った時の誇らしさは今でも憶えている。

「私だって出来るじゃん」

しかしこれはわりと不便だ。使うたびにわざわざ、〝お財布〟のアプリを出さなくてはならないのだから。

地下鉄の改札口が近づくと、私は邪魔にならないように傍らにどき、スマホを操作した。タクシーを降りる時には、早めにスマホをとり出し、〝お財布〟を出していた。

「ハヤシさん、いちいちそんなことしなくても、スマホをかざすだけでいいんですよ」

秘書に教えられたのはつい最近のことだ。ちゃんと使いこなせていなかったのである。

時々、というよりもかなりの頻度で通販で買う。が、こちらも何度かに一度失敗する。

うちのコップが割れて、残りが少なくなってしまった。本来ならば買いに行きたいのであるがその時間がない。安いものでもいいか、と思うのであるが、一個三百円となるとちょっと躊躇してしまう。学生の一人暮らしならともかく、いいトシの大人にはもう少しいいものをと思う。

そんなわけで一個二千六百円のコップを六個買った（つもり）。しかし大きなダンボールが届いた。二千六百円というのは、六個入りだったのである。

あと、ヒアルロン酸美容シートというのも、毎月届けられる。私が間違えて、「定期お届けコース」というのを選んでしまっていたのだ。結局は使わず、仕事机の上に山が出来ている。一生使うことになるのだろうか、誰かに頼んで取り止めない限り。

心配なことはまだある。この頃〝セルフレジ〟をやらせるコンビニやスーパーが増えたことだ。私はああいうことが、情けないほどうまく出来ない。きっとひとつくらい、バーコードを読みとらせるのを失敗してしまうだろう。そういう時は、万引きでつかまるのだろうか。

なんとかしてほしい。そうでなくても、この頃買物のたびにドキドキしてしまうことが多いのだ。後ろに行列が出来ていたりすると、さらに緊張の度は高まる。

いつもの店で知らない間に、「現金支払い機」を置いたりする。お札をタテにするか、横にするかで迷う。やっとやり方を憶えたと思うと、今度は別の店で違う機種のものに出くわす。最近私はＳｕｉｃａを使うことには慣れてきたが、ＰａｙＰａｙのみというところも多い。仕方なく現金で払おうとすると、小銭を集める時、店員さんの「チッ」という心の舌うちを聞いたような気がする。

「オバさん、早くしてくれよ」

はい、はい、すみませんねえ。しかしそんなに急かさないでくださいよ。

おにぎり屋さんで、お昼ごはんを買おうとしたのはおとといのこと。カートをひいた年配の女性が、よろよろと私の前に立った。その方はものすごく迷っておにぎりを三個選んだ。そしてヒジキのパックをひとつ。

若い店員さんは当然、手前のものを機械的にとろうとしたのだが、

「そうじゃない」

と厳しい声。

「右から二列め、あなたが今、手にとったものから前に二つ。そっちの方が豆が多いの」

そうだ、ゆっくり選んで何が悪い、と私は思った。人に迷惑をかけまいと、おどおどとしながらみんな生きてる。ＳｕｉｃａだのＰａｙＰａｙだので、一瞬たりとも立ち止まることは許されない。そんなのおかしいじゃんと私は言いたくなったのである。

被害者という言語

対談の仕事を終え、タクシーに乗ったところ、たくさんのLINEが入っていた。

「記者会見見た？」

「眞子さま、すごく怒ってたよね」

そして何人かから、

「ハヤシさん、どう思った？　書くんでしょ」

興味シンシン。こう返事をした。

「仕事で見てません。それにこのあいだ週刊文春に『無視という祝福をさし上げたい』って書いたばかりだから、何もしないよ」

そうは言ったものの、つい気になってユーチューブを調べた。最近は瞬時にアップされる。車内でじっくり見た。

そして思ったのは、

「残念だなァ」

ということであった。秘かに私は「起死回生」を期待していた。ヨーロッパの王族でもこうした例はいくつかある。過去にいろいろあった女性が、お妃になるにあたり涙ながらに国民に理解を求め、たちまち支持を獲得したというような。

小室さんと眞子さん（これからはこう呼ぶらしい）には、ちゃんと相談する人がいなかったらしい。プロのアドバイザーや危機管理専門家などでなくてもいいから、世間がわかった大人に相談したらこんなことにはならなかったのではないか。

「眞子さんって本当に気が強い人だったのね。びっくり」

友人は言う。マスコミでは、

「もういいじゃん。祝福してあげましょうよ」

という空気が流れているが、ネットではそうはいかない。ネットニュースのコメント欄は、あまりにも誹謗中傷が殺到したため、非表示にしてしまう異常事態だ。

眞子さんが怒り、恐怖心さえおぼえたのは、週刊誌報道に加え、こうしたネットの声であったろうが、私はこうアドバイスしてさし上げたい。

「被害者であることを強調してはいけませんよ。それをふりかざして自分への非難をかわそうとするのは、人間を小さく見せますから」

私は最近起こったあることを思い出した。

身体障害者の女性が、今年の四月、子どもさんやヘルパーさんと一緒に、小旅行を思いついた。めざす駅は無人である。彼女はいくつか前の大きな駅に行き、介助を頼んだ。しかし駅員さんは、めざす駅は階段しかないので途中の駅までしか案内出来ない、そこで降りてタクシーに乗ったら、と提案した。

彼女はこれに対して乗車拒否されたと怒った。

そして最後には途中の駅から駅員さんが無人駅にやってきて、四人がかりで車椅子を階段から下ろしてくれたのだ。彼女はこういうありさまも一部始終、写真に撮り自分のブログにアップしたのである。

ところが、このブログが大炎上してしまった。障害者のわがまま極まれり、クレーマー、そして車椅子を運んでくれた駅員さんに感謝の念がないと。

私もこのやり方にちょっと後味の悪さと、ざらざらした感じを抱いた。しかしこの女性のその後の発言、

「感謝がない、というけれど、健常者の人はいちいち駅員さんに感謝しますか」

「健常者は乗るたびに、駅に連絡したりはしない。障害者にだけどうして強いるのか」

これにはなるほど、そういう考え方もあるのかと腑に落ちた。そしてこのことがきっかけになり、障害者の交通機関利用、社会に出ることの困難さが論議されるといい、と心から思っていた。

ところがその当人は、フェミニストの人たち四人で、ネット被害の法整備を求める会

を立ち上げたという。新聞に出ていた。

こういうのは、論争の言語を変えることではなかろうか。日本語で話していたつもりなのに、途中で英語に変えるようなものだ。

小室さんと眞子さんの会見も同じようなものを感じる。私だったらまず、母親の金銭問題について触れるだろう。

「ご厚意に甘えていた私たちも確かに軽率でした。しかしそれまで何も言わず、私の報道が出た後に、私たちではなくマスコミに一方的に情報を流す元婚約者の方に、強い不信感を抱き、今までのような感情を持てなくなりました。それがすべてのきっかけです」

とさりげなく相手の非を伝える。そして最後に文書を棒読みするのではなく、テレビを見ている国民に向けて、

「この結婚を実現するために、ニューヨークで死にもの狂いで勉強をしました。論文も書きました。司法試験に受かったら、いち弁護士として必死に働き、眞子さんとの生活を始めたいと思っています。どうか私たちを温かく見守ってください」

と強い視線を向けたら、多くの人が納得しただろう。

ところでフェミニストや一部の人たちは、

「一人の女性の自立を妨げ、こういう不幸を強いる皇室がいけない」

と言い始めているが、これをつきつめていけば、皇室は悪、いらない、ということになってしまう。そこまでの覚悟を持って言っているのかはなはだ疑問である。

嫁ぐ前、佳子さまとお庭を散策されるビデオが流れた。本当に美しくて気品ある姉妹。玄関での佳子さまのハグもよくて、じーんとしてしまった。

単純に皇室の方々を見て、ステキ、と憧れる心。皇室は国民のこの素朴さによって支えられてきた。この素朴さにアピールするための方法はいくらでもあった。それは決して被害者となって、他者を弾劾《だんがい》することではない。眞子さんは気がすんだかもしれないが、皇室はこれからも存在していくのである。それがわからない二人は、いかにも若く未熟であった。

実践して

あっけなく衆議院選挙が終わってしまった。

私が必ず選挙に行くのは、投票するのとしないのとでは、速報を見る面白さがまるで違うからである。

選挙に行かず、開票速報を見るのは、馬券を買わずにレースを見るようなものだ。

この楽しさに気づいたのか、今回、十代の投票率がわずかに伸びたとか。人気俳優さんをＣＭに使ったのも効果的だったのだ。よかった、よかった。

しかし選挙は本当にわからない。

「どうしてあんな人が……」

という方が、テレビで万歳したりしている。そうかと思えば、意外な人が落選の憂《う》きめに……。

私は立憲民主党は好きではないけれど、辻元清美さんが落ちたのは本当に残念だ。まわりの女友だちも、

「なんだかさみしいよねー」

と言っている。きっと安倍さんもさみしいに違いない。あの、

「ソーリ！　ソーリ！」

という声が聞こえないのだ。次の選挙では、ぜひ頑張ってもらいたい。いっそのこと、立憲なんか見限って、人気急上昇の、維新の会に移るのはどうだろうか。

それにしても、日本はどうして女性政治家の数が少ないのか。今はジェンダーについていろいろ取り沙汰され、フェミニズムも元気がいい。これほど追い風が吹いているというのに、一向に増えないというのはどうしてなのだろうか。

思うに日本の女性は、自分が政治家になって矢面に立つよりも、政治家の妻になる方が楽しそうだと思っているからではなかろうか。

気配りが出来て、お酒もいける。地元民に大人気のキレイな奥さん。応援に出ればたちまち人だかり。

「〇〇先生は奥さんでもっている」

なんて言われている立場の方が、なんかいいかも、と私など考えてしまう。

そうそう、昔、選挙をテーマにした小説を書いたことがある。その中で実在する、有名な政治家の奥さんのエピソードを挿入した。

その政治家夫人は一流大卒。が、そのことを決して口にしなかったそうだ。それどこ

ろか、お子さんをねんねこに背負い、地元をまわったという。

もう二十数年前の話であるが、私はその時取材した政治部記者や評論家に聞いた。

「今、いちばん人気の高い、デキた奥さんと言われている人は誰ですか」

「それは○○さんの奥さんでしょう」

みんな口を揃えて言ったものだ。

「人柄、胆力、頭、すべて揃っています。ご主人よりもいち早く、宰相《さいしょう》夫人の器ですよ」

その方とたまたまおめにかかる機会があり、話の流れで焼肉をご一緒することになった。そこのお店はおいしいけれど、かなり汚ないお店で、生肉はもちろん、脳味噌とかも出る。箸をつけない女性がいた中で、その夫人は楽し気に悠然と召し上がったものだ。ほどなく本当にご主人は総理になられた。

とまあ、これは、平成の話である。

令和の今は奥さんの方がいいかも、などと言わず、政治家になる、という気概を持ってもらわなくては。

このあいだ、ある女性政治家のうちに遊びに行ったら、仲よしの別の女性政治家もやってきた。お酒を飲みながらとりとめのない話をしたのであるが、まあ、その楽しかったこと。

子育ての悩みを話したかと思うと、その合い間に日本の未来について熱く語る。私はこういう若く聡明な女性政治家の魅力が、もっと世の中に伝わればいいのにと思わずにはいられない。

政治家だってつらい日常ばかりではないだろう。コロナの前は同期でよく飲み会をやっていたというし、読書会もあるそうだ。みんなとても仲よし。

「○○ちゃん」と呼び合って、大学のサークル活動のノリもある。不倫はタブーだが、同期で結婚する人もいる。落ちなければ、結構やり甲斐のある面白そうな職場ではないか。

この頃、若い女性の起業家が増えた。コメンテーターとして、テレビにもひっぱりだこだ。政治に関してもかなり鋭いことを言っている。私はああいう頭のいい方にお願いしたい。そろそろ批評家をやめて実践しませんかと。

そりゃあ、政治家になったとたん、今までやさしかったマスコミは急に意地悪になるだろう。いろいろ書かれるかもしれない。

しかしそれに耐えて、日本のために頑張って欲しいと心から願う私である。私も微力ながら応援します。

クオータ制というものが提案されている今日この頃であるが、私は次のアイデアを出したい。

メディアで三年以上政治について語ってきた女性コメンテーターは、一定の時期が過ぎたら必ずどこかの政党から出馬するルールをつくる。

大学の成績優秀者の女性は、卒業後しかるべき機関に入れ、民間の倍ぐらいの手当てを払う。そこで研修した後は、必ず出馬することにする。つまり公的松下政経塾だ。

この機関はもちろん、やる気があれば、ふつうのＯＬ、主婦も受け入れる。そこらの会社に入るよりも政治家の勉強をした方がずっといいことがわかれば、多くの入塾者があるのではないか。

それと同時に、ドラマでも女医さんや女社長だけでなく、女性政治家を主人公にしたものをどんどんつくってほしい。このあいだの映画「総理の夫」は、脚本がイマイチで、心をうつ演説シーンがつくれなかったことが極めて残念であった。

瀬戸内寂聴先生追悼

今日は文藝春秋で、新刊の取材日であった。午後から夕方まで、ぎっしりと新聞や雑誌のインタビューがある。

最初にまず雑誌の取材があり、写真を撮るために廊下に出た。カメラマンに言われたとおり、壁ぎわに立っていると、若い編集者がスマホを見て叫んだ。

「あっ、瀬戸内先生が亡くなられたんだ」

すうっと血の気が引く、というのはああいうことを言うのだろうか。頭が真白になり何も考えられなくなった。

実は昨日、別の出版社の編集者と、ＬＩＮＥでこんな会話をかわしていたばかりである。

「今、デマがいろいろとびかっているんです」

「それは先生が亡くなったっていうこと？」

「そうなんですけど、たぶんデマだと思いますが。うちの連載も早く始めないと」

今年の六月のことである。そこの出版社から出ている女性誌の対談で、久しぶりに寂庵を訪れた。

一時期体調を崩されていた先生も、退院されてすっかりお元気になっていた。いつものようによくお話しになる。

「来年は百歳のお祝いを盛大にするつもり」

「いいですね、パーッとやりましょうよ」

調子にのった私は、ずけずけと先生に〝死後〟のことを尋ねた。

「先生、亡くなられたらこの寂庵、どうなさるおつもりですか。寂聴記念館になるんですか」

「保育園にするのよ」

意外なことをおっしゃる。

「まなほ（秘書）の子どもとか入れるようにね」

「先生、それはやめた方がいいですよ。こんな素晴らしい数寄屋風のおうちが、お子ちゃまたちに荒らされますよ」

「それもいいじゃないの」

さらに無礼な質問をしたのは、先生がご自分の死後について、あっけらかんといろいろ書かれるようになっていたからだ。九十九歳の先生にとって、死はもうじきそこまできている親しい友人のようであった。

「先生が亡くなったら、いろんな人がいろんなことを書くんでしょうねー」

「それがいやなのよね」

と先生は独得のかん高い声で応えた。

「書かせてくれ、書かせてくれ、っていろんな人が来るんだけど、あんまり知らない人ばっかりよ。マリコさん、あなた、私のこと書いて頂戴」

「えー、いいんですか」

とはいうものの、手放しで喜べない。

「先生はご自分のこと、あれだけ書いているんだから、私の書く余地はもうありませんよ」

「それがね、まだ喋っていないことがいっぱいあるのよ」

「それって男性関係ですね」

「それもあるけど、他にもいろいろあるのよ」

傍で女性誌の編集者たちが、小さな歓声をあげた。

「今の話、私たち聞きましたからね。しっかり聞きましたからね」

東京に帰ってから、正式な依頼書が届いた。そこには「林真理子新連載『瀬戸内寂聴伝記』、来年取材開始、連載スタート」とあった。

が、私はこの依頼にははなはだ懐疑的であった。先生の健康がずっと続くだろうか、という思いがあったからだ。そしてそれは、私の案じていたとおり、幻の依頼書となってしまった。

話を今日に戻すと、先生の訃報を知らされた私は、あわてて自分の事務所に電話をかけた。するとやはり、各社から追悼のコメントや取材の依頼がたくさんきているという。

出来る限りやろうと私は決心する。なぜなら作家の中で、先生といちばん親しく、いちばん先生のことを知っているのは私だという自負があったからだ。各取材を十分ずつずらしてもらい、その場で書き始めた。いくつかの追悼文をすごい勢いで書くうち、思い出が次々とうかんでくる。

先生とは対談を何回もした。一緒にテレビにも出た。東京や京都で遊んでいただいたことも一回や二回ではない。ゲイの人が経営するバーがお気に入りだった。

先生は偉大な作家であり、宗教家でもあったが、その反面、ゴシップや噂話が大好きな方でもあった。私も嫌いではないので、そういうことをお聞きするのが本当に楽しかった。

寂庵には先生を慕ってやってくる芸能人も何人もいて、そういう方から先生は聞き出すのが本当にうまい。内容は主に、罪のない恋愛話だ。が、不倫については、意外と厳しい意見をお持ちであった。

「今の奥さんたちが、気軽にそういうことをするのはどうかと思うわよ」

「あら、先生だって、昔はしてたんじゃないですか」

「私はいいのよ。私は違うの。命かけてしていたんだから」

胸を張られた。

宮沢りえさん主演で、先生の自伝的小説がドラマになった。りえさん扮する人妻が、夫と子どもを置いて、やがて別の男と暮らすというストーリイだ。

「先生の役、りえちゃんぴったりでしたね」

「そうねえ。演技うまいわね」

ご機嫌であったが、しかしこうつけ加える。

「だけど男の着ている着物がひどかったわね。私だったら自分の男に、あんな安い着物着せないわ」

思い出は尽きない。昔、テレビの句会で徳島に行った時、皆で藍染工場に出かけた。藍をつかって手拭いを染める体験工房で作品をつくる。そこに先生は私の似顔絵を描き、

「つぶらなるまり子の瞳　阿波の春」

と句を添えてくださった。額にして私の宝物である……。

そして今から五年前、先生の命で私はまなほちゃんとテレビに出た。先生のことを深掘りする番組だ。アナウンサーが先生に尋ねる。

「ハヤシさんと大変仲がよろしいんですよね」

先生はしれっと答える。

「あの人、私のこと好きだとか、尊敬してるって言うんだけど、本当かしらね」

これが瀬戸内寂聴という人で、私はそんな先生が大好きだった。

不倫は文化だ

今朝、新聞を拡げたら週刊文春の広告にびっくりした。

寂聴先生の名が大きな見出しで、

『私が人生を狂わせた』瀬戸内寂聴が愛した『男』と『女』

だと。

その隣りで同じ大きさで、

「細木数子がズバリ溺れた『男とカネ』」

どうして寂聴先生が、細木数子さんと対になって出ているのか！

細木数子さんといえば、完全にあっち側の方ではないか。今では絶対にタブーの、〝反社〟の方々との繋がりが指摘されテレビに出られなくなった一人。

それが亡くなるとテレビではいっせいにもち上げた。

「実際はとても気を遣ういい方だった」

もちろん亡くなった方を悪く言うことはないけれども、

「占いに専念なさりたいということで、テレビをおやめになった」

と事実まで曲げてくる。

しかも解せないのは、姪で養女の人をずっと「娘」でとおしていること。姪のメの字も養女のヨの字も出ないのは不思議であった。おそらく今後の占い女王の跡目相続ということがあるのだろう。

私は細木さんにいっぺんだけお会いしたことがある。雑誌の対談だった。前にも書いたと思うが、その時彼女の視線は、私を通り越して後ろにいる、女性編集者に刺さっていた。

そしてひと言、

「あんた、典型的な嫁《い》かず後家の顔だね」

ヒェーッと悲鳴をあげる彼女。これに関してはなぜかあたってしまい、あれから三十年以上たつが、未だに独身のままである。彼女が言うには、

「まだ二十代だった私に、あの先生が呪いをかけた」

私の方は、

「大殺界で結婚してるね。早晩別れるね」

ということであったが何とかやっている。

前置きが長くなったが、細木さんの方は毀誉《きよ》褒貶《ほうへん》の激しい占い師。片や寂聴先生は、

私たち女性作家の精神的支柱でもある大作家。文化勲章もお受けになり、歴史に残る方だ。それなのにどうしてこんな扱いを受けなくてはいけないのか。

広告は私の連載エッセイの一行も、勝手に借り出してイヤな感じ。

「本出版、TVで結婚披露　66歳下女性秘書は何者」

という見出しもひどい。彼女をよく知っているが、先生が孫のように可愛がり、信頼していた女性だ。先生のエッセイによく出てくる。各社の編集者からも評価が高く、

「ああいう秘書さんが先生の傍にいて、本当によかった」

と皆言っていたものだ。実に聡明で仕事が出来、彼女のおかげで先生は毎日笑いころげていらしたはずだ。それなのに「何者」だなんて……。

文藝春秋だって、先生の本をいっぱい出してお世話になっていたはず。それなのにこの新聞広告はないでしょ。週刊新潮の十分の一ぐらいの敬意をはらってほしい！

怒りながら届いた週刊文春の中身を読んだら、どうってことがないふつうの記事ではないか。なのにどうしてあんな見出しにしたのか。

そうでなくても、私は先生のテレビでの扱いに本当に腹を立てているのだ。「不倫」と「夫と子どもを置いて出た」とそればかり。先生の本を一冊も読んだことがないタレントやコメンテーターがあれこれ言いたてる。普段は見ないヤフコメについ目をやると、ちょっと信じられない言葉が並んでいる。何なんだ、これ。

せめて私は「文学者とは何か」「実体験がどのように小説へと昇華されていくか」伝わるよう、本を持参して説明したつもりであるが、そういうのはカットされてしまう。

とにかく「失楽園」、「マディソン郡の橋」ブームを知っている者として、この十年ほどの日本人の心の変化は不可解で空おそろしい。日本はいつから、ピューリタンどころか、イスラムの国となったのか。

昔は芸能人が不倫をしたとしても、謝罪会見をすればそれでおしまいになった。人々も、「特殊な世界の人」と寛大だった。しかし今、何かが発覚すれば、仕事を失ってしまう。時には家族さえも。

社会全体が不倫に対して、異様ともいえる嫌悪を持つようになったのだ。

小説を書く人間としては本当に困る。人は生きていれば、良識や規範からはみ出すことだってある。いけないこととわかっていてもブレーキをかけられないこともある。小説というのは、そういうはみ出したものを描くことだ。

寂聴先生がもし、ふつうのおとなしい奥さんのままでいたら、「夏の終り」という名作を我々は読むことが出来なかったのである。

先生は四十代の頃、盛んにテレビに出て、

「不倫の何が悪いの」

とおっしゃっていたが、時代を挑発するということもスター表現者の義務だったろう。

そのビデオを、これでもか、これでもかと流されると誤解を招きかねない。だけど仕方ないでしょう。愛し合ってしまったんだから。当時、そして今だって、何人かの男性作家には妻以外の女性がいる。大っぴらにつき合っている。それなのにどうして女には許されないのかと、寂聴先生は言いたかったに違いない。

そもそも作家同士の不倫なんて、不倫にカウントされないと私は考えている。人の心をかきたてるものが何なのか、よく承知している者同士の恋愛。いわばネタのギブアンドテイク、この時、二人の作家は、素晴らしい作品を残していく。そりゃ奥さんには気の毒であるが、作家の妻になったからには我慢していただくしかない。作家なんて所詮ヤクザな職業なのだから。

度胸も魅力もない私はよく先生に嗤《わら》われたものだ。「女の作家が、家庭持って子ども欲しがるってどういうこと？」

甲斐性なくてすみません。だから勇気を持って今こそこう言います。

「不倫は文化だ」

何も創作出来ず、恋も出来ないような人たちがガタガタ言うな。

何が起こるかわからない

「うっうっ……」

今朝も嗚咽《おえつ》する私。

「カムカムエヴリバディ」は、今、佳境に入り戦時中から戦後へと移っていく。主人公のまわりの人たちは、みな次々と死んでしまいそのせつないことといったら……。

安子ちゃんのお父さんの演技が素晴らしく、妻や母親を亡くし絶叫する。その回はもう涙がほとばしったものだ。

私はもともと朝ドラを見るのを習慣としているが、毎回というわけではない。多くの人がそうしていると思うが、一週間ほどまず見る。そして、

「今回はじっくり拝見」

「今回はもういい」

と判断をする。前回の「おかえりモネ」のモネちゃんは、なんかかったるそうで、早々に視聴を打ち切った。

しかし今回は違う。戦前からの女性の生き方を追う、まさに朝ドラの王道。しかものっけから、実に美しく愛らしい恋愛が始まる。恋人役で後に夫になる若い俳優さんに、いっぺんで心を奪われた。イケメンなのはもちろん、端整で清潔で、まさに昔の大学生。SixTONESのメンバーと知ってびっくりだ。

SixTONESのコンサートには、誘われて二回ほど行った。すべてのメンバーを、オバさんは憶えることが出来なかったが、そうか、踊っていたあの中の一人なのか。何のかんの言われても、ジャニーズはやはり人材がすごい。

そして何よりも、今回のドラマの成功は、主役の上白石萌音ちゃんなのだ。

読者の皆さまはお忘れだと思うが、七年前彼女が大抜擢され主役となった映画「舞妓はレディ」を見た私は、

「間違いなく朝ドラのヒロインになる」

とこのページに書いた。無垢で素朴な愛らしさは、今まで見たことがないものだったからだ。そして今、私の予言は的中した。そればかりではない。萌音ちゃんは、紅白出場も予定されているばかりでなく、もうじき舞台の主役もつとめる。すごいことになっているのだ。

私も一度対談させていただいたが、萌音ちゃんは、子どもの時から地元のミュージカルスクールでみっちり鍛えられていたという。だから演技も歌のうまさも半端ない。き

っとすごい女優さんになるだろうと思っていたが、最近の活躍のすごさは私の想像を超えていた。

こういうのはとても嬉しい。

「こんなにエラくなるとは……」

さて突然話は変わるようであるが、編集者から作家になる人は昔からいた。二十年ぐらい前、担当編集者だった男性が、会社をやめて作家に転向したのを皮きりに、ぱらぱらと私のまわりにもそういう人が出始めた。

ちょっと驚いたのは、今から一年前のこと。某女性誌で、私のエッセイページの担当者だったK氏が、純文学雑誌の新人賞を受賞した時のことだ。

おしゃれな社員が多いその出版社でも彼は格別。背の高い美青年で、フジテレビアナウンサーの採用試験で、最終まで残っていたという経歴の持ち主である。当然モテて、彼の恋愛話をよくネタにしたものだから、

「ハヤシさん、ひどい……」

と恨まれていた。

その彼がまさか小説を書いていたとは。しかも純文学！　先月の「新潮」にも長編を発表していて、

「ハヤシさん、絶対読んで感想言ってくださいね」

と何度も言われているのだが、とても長いうえに、前作品のようによく知っている人の性描写を読むのはちょっと。とても照れてしまうものなのだ。

そうか、私のまわりの編集者たちも、いつもこんな気分なのかと妙に納得。

「あのオバさん、よくこんなもん書けるなあ……」

と思っているに違いない。

が、先月、そんなもんですまない、業界にすごい衝撃が走った。

編集者から新聞記事のコピーがＬＩＮＥで送られてきた。

「ハヤシさん、大変なことが！」

某新聞社の大きな賞、一般公募のその最終候補にＨ氏の名前があったというのだ。こ
のＨ氏というのは、文春の社員である。

しかもＨ氏は、このページによく出てくる名物編集者だ。有能なことは有能であるが、とにかく態度がデカい。渡辺淳一先生の担当をしていて、３Ｇ編集者と呼ばれていた。銀座、ゴルフ、祇園が得意という意味だ。しかも大御所の渡辺先生についているから、私なんかチリアクタ扱い。頭にくることが何度もあった。腹いせにこのページで書いたことも。

ある文学賞の授賞式に、当時まだご存命だった山崎豊子先生が、車椅子で出席なさった。そして心に残る感動的なスピーチをされたのだ。

二人で帰り道を歩きながら、興奮さめぬ私は彼に言った。

「すごかったよねー。やっぱり国民作家と呼ばれる方は違うわよねー」

すると彼はせせら笑うように、

「ハヤシさんもせいぜい頑張って、国民作家になってくださいよ」

もちろんなれるはずはないが、こんな馬鹿にした言い方はないと、私は憤慨したものだ。が、いつもこんな感じ。

H氏はオール讀物の編集長として、直木賞選考会の司会もやっていた。私たちのやりとりをどういう風に聞いていたんだろう。書いたのは時代小説だと。

H氏からLINEが。

「驚かれたと思いますが、来年定年なのでいろいろ考えた末です」

私からは、

「あなたがずーっと上から目線だったのは、小説を書くつもりだったからなんだね」

返事はない。

何を言いたいかというと、この世は何が起こるかわからない。人もいつ変身してエラくなるかわからない。だからみんなにいつも親切にを私は心がけているつもり。

銀座大好き

何やら物騒な名前の変異株（オミクロン株）が登場したものの、東京はまだ平穏を保っている。

このあいだ銀座の並木通りを歩いていたら、街はすっかりコロナ前のにぎわいを取り戻していた。

両側にはぎっしりと車が停まり、着物姿の美しいホステスさんが、足早に歩いていく。そして黒服の若い男性が、店の前に立ち、車を誘導している。

山口洋子さんの小説に出てくるような世界は、コロナでも消えることはなかった。ああ、いいなあと私は立ち止まって眺める。女の私でもうっとりしてしまう、銀座のたそがれ時。

何回か前、会食は復活しても、二次会、三次会の習慣はなくなってしまったと書いた。しかしそんなことはなかった。このところ、三日にわたり銀座の夜が続いたのである。

まず一日めは、いつもお世話になっている文壇バー「ザボン」が新装開店したので、そこで〝鏡割り〟とサイン会をすることになったのだ。

文壇バーというのは、主に作家や編集者がやってくるところであるが、出版界の衰退に伴いもはや絶滅危惧種。そのため、素子ママを元気づけようと当日は、編集者の方々もやってくるようだ。

仲のいいS社とK社の女性編集者二人が、〝同伴〟してくれることになった。しかし約束のレストランになかなかたどりつけない。銀座は細い通りがいくつもあり、ひとつ間違えると迷ってしまうのだ。

なんと二十分もさまよってやっと到着。

「かつて〝銀座の女〟だった私が、なんたる失態」

と謝ったら二人が笑った。

そう、憶えている方もいるかもしれないが、今から十年前、東日本大震災の年、私と他に十人の女性で「ボランティア銀座ママ」をつとめたのだ。本当のお客さんがやってくる八時まで、お店とホステスさんに協力してもらい、安価で知り合いに来てもらった。みんなも、

「初めて銀座の高級クラブへ行けた」

と大喜び。売り上げはかなりのものになり、直接被災地のボランティアリーダーの手に渡すことが出来た。

あの時は本当に楽しかったなあ。毎日銀座の美容院で、ママ風の髪型と着つけをしてもらい店に急いだ。黒服のおニイさんたちから、

「ママ、おはようございます」

なんて声をかけられ、もう夢心地。天職かと思ったのであるが、まあ、一カ月のうちの三日間だけの銀座ママ、あっという間に終ってしまった……。

まあ「ザボン」でもサイン会をしながら、〝ママ時代〟のなごりで、愛敬をふりまく私。知り合いや担当編集の方々が何人も来てくれた。なごやかに夜はふける。ところが個室のドアを開けたとたん、わーっと険悪な空気が流れてきたではないか。

中にB社の社長と編集者が四人、そしてS社のA子さんがいたが、みんな憮然とした表情をしている。どうやら酔った勢いで、K社のB子さんが、冬のボーナスのことを口にしたらしい。

コミックで儲かっているところとそうでないところ、今、出版界でボーナスの話題はタブーなのに。作家の前でもしてほしくない。

「えー、みんな同じぐらいもらっていると思ってたー。違うんですかー」

B子さんは無邪気に首をかしげる。

「彼女、マリー・アントワネットみたいなことを言って、全く。あれじゃ文壇バーじゃなくて、分断バーですよね」

A子さんが後でうまいことを言う。

そして次の日は、銀座のフレンチでお食事。山梨のワイナリーの社長さんが、自分のところの自信作を飲んで欲しいと、私ともう一人を招待してくれたのだ。デザートの頃、社長さんが、

「この後、『グレ』でも行きますか」

と誘ってくれた。「グレ」はこのレストランから徒歩五分のところにある、超高級クラブ。実は例の「ボランティア銀座ママ」もここでさせてもらったのだ。ゆえに今でもさゆりママは、私のことを「マリコママ」と呼んでくれる。

といっても、もう二年以上ご無沙汰だ。こういうお店は、金額も金額であるが、女性だけで入ることは出来ない。よってお金持ちの男性に連れていってもらうしかないのだが、知り合いの常連に頼んでも、

「今は会社で禁止されている」

「この時分はまずい」

とつれない返事。それなのに故郷の社長さんはこともなげに誘ってくれたのだ。

さっそくポルシェビルへ。さゆりママとも久しぶりで、わーわーキャーキャー言ってハグ。最近はLINEだけのつき合いなのだ。

コロナやいろんなことがあって、つらい時期もあったのに、若い身空でこれだけの一

流店を守っている彼女は本当にえらい。お店もにぎわっている。

私が知っている女性はほとんどおらず、若い清楚な感じのホステスさんが傍に座った。

「あのー、これを見ていただけますか」

ためらいがちにスマホの画面を見せてくれた。そこにはセーラー服の彼女と、今よりずっと若い私のツーショット。

「十二年前、中学生の私です。『田辺聖子文学館ジュニア文学賞』に応募して、小説の部で入選したんです。その時、ハヤシさんと一緒に記念写真を撮ってもらったんです」

入店して二年、私がいつ来るかとずーっと待っていたんだと。そしてホステス業の傍ら、今でも小説を書き続けているという。

「こんなことってあるんだねー」

私にとっては、とても嬉しい偶然であった。

そして昨夜は、なんと銀座のお店を三軒ハシゴした。帰ってきたのは十二時前で、今日はさすがに体がつらい。が、楽しい記憶は残っていて、やっとコロナ禍から少しずつ脱出しているという実感がある。今日も銀座で会食。おーし！

エダジマじゃない

「ハヤシさん、江田島の図書館から講演の依頼が来ました。創立三十周年で、ぜひ、ということです」

秘書の言葉に、えっと顔を上げる。

「エダジマですって!?」

コロナ以来、講演に出かけるのがすっかり億劫《おっくう》になっている私であるが、ここは絶対に行きたい。

なぜなら江田島には、旧海軍兵学校があるからだ。戦前、ここの生徒がどれほど憧れと尊敬を集めていたか、もう知る人も少ないだろう。私も知っているわけではないが、小説やドラマの「坂の上の雲」によって、その一端はうかがうことが出来た。

実は私が子どもの頃からお世話になっていた方が、ここの海軍兵学校の出身だったのである。いったん海軍に入り、戦後は東大に入学という経歴だ。聞いた話によると、海軍兵学校出身者は入学に際して優遇されたという。優秀さはお墨《すみ》つきだったからだろう。

某大企業の副社長までいったその方は、生涯海軍兵学校出身、海軍将校であったことを誇りにしていた。

「お父さんのカイグン、カイグンは、本当にたまらないわよ」

と奥さんは愚痴っていたが、二人のなれそめを知っている私の母は、

「海軍の白い制服姿に、いっぺんにやられて、結婚させてくれなきゃ死んでしまうって泣いてたのよ」

と笑っていたものだ。その方は年をとっても背が高い美男子であった。当時、海軍将校の制服を着ていたら、さぞかし素敵だったろう。

その方は後に海軍にまつわる本を書き、出版パーティーには私も招待された。兵学校の同級生たちも何人か出席していらしたが、みんな背筋が伸びたお爺さんたちだったなぁ……。

と思い出すともう三十年以上前のことになる。その方も奥さんも、みんな鬼籍に入られた。おそらく同級生の方々も同じであろう。

とにかく私は、江田島というところにずっと興味を持っていたのである。おまけに秘書が言う。

「そこの市長さんが、ハヤシさんにぜひ一泊してほしいと。次の日にいろいろ案内してくださるそうです」

有難いお申し出である。

さっそく市のホームページでチェックしてみたら、インテリで温和そうな市長さんだ。

私はぜひよろしくお願いしますと、返事をした。その後また連絡があり、

「ハヤシさん、せっかくなら早起きをして自衛隊の朝の訓練も見てほしいと」

これもぜひとお答えした。自衛隊なんてめったに見学出来るものではない。昼食のリクエストまで聞かれ、「カレーをお願いしますって伝えてね。海軍カレーっていうの」

さて江田島は、広島県の西南部にある。呉の一部と間違える人がいるが、独立した島だ。そして私も今回行って初めて知ったのであるが、「エダジマ」ではなく「エタジマ」と発音する。平家落人伝説もある美しい島だ。

旧海軍兵学校時代の建物は、北部の自衛隊の敷地の中に残っている。しかもどれも海上自衛隊の学校として使われているのが驚きだ。明治二十六年に建てられた赤れんがの生徒館、大正六年築の大講堂、昭和十一年築の白亜の教育参考館と、歴史的にも貴重な建物ばかり、それがきちんと手入れされ、床もピカピカである。

八時になり校舎から生徒たちが出てきて整列した。防衛大、一般の大学を卒業したエリートたち。制服もピカピカ。ぴしっときまっている。聞いた話によると、〝海〟は昔から身だしなみが非常に大切とされる。だらしないことは絶対にタブーなのだ。よって建物のいたるところに鏡があってチェック出来るようになっているとのこと。歩いてい

ると、朝早いので髪ざんばらの私の姿をやたら見ることになった。まぁ、私のような者はそもそも入学出来ないだろうが。

それにしても青天の下、壮大な建物のなんと美しいこと。明治、大正、昭和とわが国が総力を挙げてつくり上げた、海洋大国のシンボルである。アメリカ軍もいずれこれらを使うつもりで空襲をしなかったという。もっと歴史を学んでから来ればよかったと悔やまれる。参考館では、勝海舟からの貴重な資料も展示されていて非常に面白かった。

最後に校長先生たちと講堂へ向かった。ここは今も、入学式、卒業式に使われているそうだ。

「音響が素晴らしいんで、マイクを使うことはありません」

手を叩くと、音があたりに拡がる。おごそかな気分になってくる。大正から昭和、ここでは戦地に向かう若者たちに向けていったいどんな訓話が語られていたのだろうか……。

ここでみんなで記念写真を撮った。市の方から私のスマホに転送していただく。かなりの自慢で夫に見せびらかした。

ところで最近私は、足の裏を痛めて、長時間歩く時は特殊なインソールを敷いたスニーカーを履いている。写真を見るなり、

「なんだこりゃ、エリート帝国軍人の前でズックか。昔なら頬を張りたおされるぞ」

ウヨクの夫は怒った。それなのに夫も、「エダジマ、エダジマ」と連呼する。全く失礼だ。

今回わかったことがある。私のまわりで江田島に行った人は誰もいない。みなエダジマと発音する。そして旧海軍兵学校と自衛隊を見学したと言うと、皆羨ましがる。サヨクと自称する人もだ。

それからさらに後日談がある。江田島から帰って五日後、夫と二人近所の小さなレストランで食事をしていた。近くにお医者さんとおぼしき四人のグループ。オペが何とかの話題の後、

「それでさ、エダジマ行ってさー、あの、旧海軍兵学校があるとこ。エダジマ荘っていうホテル泊まってさ。ここがすごくいいところで最近出来たばっかりのリゾートホテルでさぁ……」

なんと泊まったところまで同じ。こんな偶然あっていいのか。彼もエダジマと発音していたが。

聞き上手

「ハヤシさん、これはちょっと前にあった本当の話なんですが」

私の髪に触れながらその若者は言った。

「信号で停まったら、目の前を男の人が逃げていくんです。その後ろから、女の人が〝ドロボー〟って追いかけていきました。僕はすぐに車から降りて、その男の人をつかまえたんです」

「まあ、そんなことをしたら危ないんじゃないの」

「三十歳ぐらいのふつうの男の人だったんです。身なりもちゃんとしていたし。腕をつかんだらすぐにおとなしくなりました。僕は女の人に、すぐに警察を呼びますから、って言ったんですよ」

「いいことしたね」

「だけど女の人は、警察は呼ばないで、って僕に言うんですよ。女の人は五十歳ぐらいのおばさんでした。そして男の人も、僕は泥棒じゃないって」

「どういうことなの？」

「二人から事情を聞いてやっとわかりました。二人はネットでやり取りして、おばさんはデリバリーナントカなんですよ。男の人が言うには、あまりにも写真と違っていたので、お金を払わないで逃げたそうです。それでドロボーって、おばさんが追いかけたんですね」

「お金を払わないぐらいで……」

「だけどその男の人は、ビルの多目的トイレですするべきことはしたみたいなんですよね。だからおばさんは怒ったみたいです」

「なるほどねえ……」

想像するとちょっとコワいかもしれない。

「あのタレントみたいじゃないですか。写真と違うおばさんが来たんだったら、どうして、あ、急用が、とか言って帰らなかったんでしょうか。そうすればトラブルも防げたはずですよねー」

「そりゃそうだよねー。イメージと違ってたらさっさと断わればよかったんだよ。そういえばこんな話が……」

今度は私が喋る番である。

「漫画家の西原理恵子さんのコミックが好きでよく読んでいるんだけど、彼女の親友の話がしょっちゅうネタになっているの。その親友はかなりユニークな人で、すべてオープンなの。その人には高校生の息子がいて、ある時お小遣いをためて、吉原のソープに行ったんだって。そうしたら『お母ちゃんぐらいの年のおばちゃんだった』って、がっかりして帰ってくるの。親友は怒り狂って、ソープの店長に抗議の電話をかけた。そうしたら店長に、『お母さん、世の中には「吉原年齢」っていうのがありますから』って言いまかされたってわけ。親友はすぐさま、無粋なことをしたって反省するんだけど、それが西原さんの漫画だと、おかしくて、おかしくて……」

「えー、そんなお母さんが本当にいるんですかね」

「いるんじゃないの」

そしてその後、私は彼と奥さんとのなれそめから、初めて実家に挨拶に行ったエピソードまで聞くことになる。

この間、二時間。

ものすごくうまいヘッドスパの人がいると聞いたのは先月のことだった。疲れ果てた人たちがたちまち爆睡して至福の時をすごす。初回は確かにそうであった。しかし二回めに私は、彼との時間をずうっと、デリヘルとソープの話で費やしたのである。ちょっともったいなかったかも。

いつもそうだ。うまく言えないのであるが、私の全身からはどうやら「話を聞いてあげるオーラ」がわーっと放たれているようなのだ。

私ぐらいタクシーの運転手さんから、身の上話や愚痴を聞かされる人はいないような気がする。もちろん彼らは、私がもの書きだなどとは知りもしない。

寒い日、エステの後、タクシーをつかまえようとしたがなかなかやってこない。電車で帰ってもいいのだが、なにしろスッピンである。いくらマスクをしているといってもなあ……と思っていると、やっとワゴン型のタクシーが近づいてきた。

乗り込んだ時、私はちょっとした嬉しさでいつもの二倍ぐらい愛想がよくなった。

「運転手さん、こんにちは！」

しばらくして運転手さんが言う。

「お客さん、シロウトさんじゃないね」

「えっ、水商売に見えます？」

「そういう意味じゃなくて、こう……サービス業の人。芸能プロダクションとか、雑誌のライターさんとか」

「ふん、ふん、近いかもね」

「そうかあ、いいなあ。僕はずっとミュージシャンをめざしていたんですが、うまくいきませんよ」

それから彼の上京ストーリーが始まった。しばらくは路上ライブをやっていたそうだ。

今も運転手をしながら、歌をユーチューブで発表しているという。

「そうか、頑張ってねー」

「それからお客さん、僕は今、小説も書いてるんです」

きたー！　という感じであろうか。

「サイトで発表しているんですけど、この頃読んでくれる人が増えたんですよ」

私もここでやめておけばよかったのであるが、この偶然につい口走ってしまった。

「運転手さん、いいお客乗せたかも」

「え、なぜですか」

「私も小説書いているんですよ」

「えー、なんて名前なんですか⁉」

ここで私を知らなかったらつらい展開であるが、名前は聞いたことがあると。降りる時、二人の記念写真を撮られた。

「私ぐらいいろんな運転手さんと会う人、いないかもね」

夫に言ったら、

「そりゃそうだ。毎日あれだけタクシーに乗るんだから、確率高くなるのあたり前だろう。少しは歩け」

最近車に乗ると、「にしたんクリニック」のＣＭを、ずっと見ることになる。郷ひろみさんが登場するメイキングから、3時のヒロインの撮影終了の拍手と花束シーンまで見る。こんなに長く乗っている客は想定しなかったのかもしれない。

番外編対談

「日本史に学ぶ！　『皇室の縁談』波乱万丈」

磯田道史（歴史学者）×林真理子

やんごとなき方々の縁談に秘められてきた深謀遠慮とは⁉

林　この秋は秋篠宮家の長女・眞子内親王と小室圭さんとのご結婚の話題で持ちきりでしたけど、今度の作品（『李王家の縁談』）は、それに便乗して書いたわけではもちろんないんですよ（笑）。

磯田　ここまで皇族や華族の頭の中に踏み込んで描ききった小説を、僕は読んだことがないので、すごく興奮しました。たとえば、林さんはこれまでも、作品の中で同族経営者やセレブ女優の内面を追求されていますが、いずれも実際にインタビューが可能な相手です。しかし、今回は情報の少ない、閉ざされた空間で生きた人々の価値観が克明にリアルに描写されていて、歴史家から見ても本当に大きな驚きを覚えました。

林　私はある意味で、皇族華族フェチなところがありまして（笑）、昔から色々と本や資料を読んでいたんです。とはいえ、ノンフィクションではなく、フィクションとして描くのは大変でしたね。身分の高い方々は、私たち一般人とは全く異なる価値観のなかで生きていますから、その独特な感情を想像するのが難しい。ただ、今回は梨本宮妃伊都子《なしもとのみやひいつこ》さんの日記をまとめた『梨本宮伊都子妃の日記─皇族妃の見た明治・大正・昭和』（小田部雄次著）がありましたので、その資料を非常に参考にさせていただきました。

磯田　父である鍋島直大《なべしまなおひろ》侯が、イタリア特命全権公使としてローマに駐在していたときに生まれたことから、「伊都子」と名づけられたというエピソードが、小説の冒頭に書かれていますが、鍋島家が藩主を務めた佐賀藩は、先祖代々進取の気風に富んでいて、祖父の直正《なおまさ》（閑叟《かんそう》）は日本で初めて天然痘のワクチン接種を導入したり、いち早く西洋の軍事技術の導入に励んでアームストロング砲を装備した人物です。その気風が伊都子にも受け継がれたのか、美しいだけではなく、非常に聡明だったことが、彼女の日記の叙述から分かります。

伊都子の頭の中の論理の構築を追うと、当時の世界状況も浮かぶ。江戸時代まで日本以外、東アジア諸国は、中国中心の冊封・朝貢外交のなかにいました。ところが、日本が先に西洋化し近隣諸国に砲艦外交を始めて琉球・朝鮮を従え、力関係が変わった。伊都子がその世界史的状況下で縁談を進める。歴史の授業の教科書に使いたいくらいでした。

林　この本の中では、当時の皇室や宮家、華族をめぐるさまざまな結婚のことを書きましたが、最初のきっかけになったのは大韓帝国の李垠《イウン》皇太子と、梨本宮家の長女である方子《まさこ》さんの縁談です。これまで日本では、方子さんの結婚は、韓国併合をうまく進めるための政略結婚だと見られることが多かったようです。方子さんは、好きでもない朝鮮の王世子李垠のもとに泣く泣く嫁がされたという、悲劇の女王として捉えられていたんですが、色々と調べていくうちに、実際は、方子さんの母・伊都子さんがかなり積極的に縁談を進められていたという説もあることを知りました。

磯田　キーとなるのは、伊都子妃の日記の中に出てくる、大正五年七月二十五日の頁ですね。

「兼々《かねがね》あちこち話合居《はなしあいおり》たれども色々むつかしく、はか〴〵しくまとまらざりし方子縁談の事にて、極《ごく》内々にて寺内を以て申こみ、内実は申こみとりきめなれども、都合上、表面は陛下思召により、御沙汰にて方子を朝鮮王族李王世子垠殿下へ遣す様にとの事になり」

方子さんの結婚が上手くまとまらない。そこで伊都子が内々に朝鮮総督を通じて朝鮮王家に縁談を申し込んだ。内実は伊都子側から申し込んでいるのだけれども、表向きは天皇のお考えによる勅命という形で縁談を進めることになった。「内実は申こみ」とはっきり書いてあるところがポイントですね。

林　伊都子さんの日記を読んでいると、理知的で魅力のある方だということを随所に感じさせます。しかも日本赤十字社で看護学も修められていることもあって、非常に合理的な面も読み取れます。今日は紀尾井町の文藝春秋からオンラインで対談をしていますが、ちょうどすぐ近くに李王家邸があり（現在の「赤坂プリンス　クラシックハウス」）、往時は素晴らしいお住まいだったことを偲ばせます。日韓併合後の李王家は、皇室に準ずる扱いを受け、年間百五十万円という多額の歳費を受け取っていたそうですし、伊都子さんが「これだけお金がもらえて、皇太子の扱いを受けるならば、娘の縁談相手に良いだろう」と考えたことは、まったく不思議ではありません。

磯田　本人同士が縁談を決めるべきだという議論は、現代の考え方であって、当時は家が決めるものだというのが共通理解だったと思います。さらに士族、華族、皇族と、家格が上に行けば行くほど「表」と「奥」が別れていて、その縁談は奥向き＝母親が息子に対して指示をするものなんです。封建時代は女性の発言力がなかったと言われますが、身分制というものは「身を分ける」ものであって、男は男の、女は女の分がありました。

僕の地元の岡山藩士の婚姻届をみても、嫁とりは嫁ぎ先の姑の養女にして嫁がせている。姑が嫁を指揮系統に入れ、奥の女の世界をつくる意識が極めて強い。そこは男性の不可侵領域で、母が息子の妻選びにも絶大な発言力をもった。

林　まさに伊都子さんが考えたように、女性は女性なりに政治国内戦を縁談でやっていたわけですね。実は『李王家の縁談』のもうひとりの主人公は、大正天皇のお后である貞明《ていめい》皇后なんですが、この方は裕仁《ひろひと》皇子（後の昭和天皇）については少し違いますが、その他の三人の皇子の縁談を、恙無《つつがな》く上手に進めていらっしゃいますよね。非常に頭の良い方だったのだなと思います。

磯田　例外はあるにしろ、近代の皇室では、次期天皇の縁談・皇太子のお妃選びは皇后である母親の仕事でした。その意向が大きく尊重されるべきだったものが、戦後から全く別の原則と方法で選ばれ始めた。米軍による占領、民主化のなかで、皇室がもっとも変わった点は、実は結婚に関しての原則だったのではないかと個人的には思っています。

林　最終的には裕仁皇子の縁談を認められた貞明皇后にしても、良子《ながこ》女王（後の香淳皇后）をあまりお好きではなかったらしいですし、香淳皇后にしても美智子さまに対してだけは挨拶をされなかったという話もありますから、「長男の嫁」というのが嫌われる歴史は、いつの世でも繰り返されているのかもしれませんけれど（笑）。

磯田　良子女王が皇太子の裕仁親王に選ばれる過程も、林さんはきちんと書かれていらっしゃいますね。皇太子妃にふさわしい年齢の女子は、宮家から十一人、条件にかなう華族も含めて十八人いたと、候補者の人数まできちんと挙げられていますが、将来のお后になる女の子の条件は、皇室典範できちんと決められていて、せいぜい二十人前後でした。

林　伊都子さんは、娘の方子さんが皇太子妃に選ばれなかったことが、相当悔しかったと思います。良子さんと方子さんは従姉妹同士で、お互いに家柄は申し分なかったはずです。

磯田　それには長幼の序にうるさい時代だったことも関係していると思います。良子女王の実家の久邇宮《くにのみや》家と梨本宮家だと、どうしても兄の家である久邇宮家を優先せざるをえなかったのではないでしょうか。その一方で、宮中公家の世界では、妃の年齢についてはあまり気にされないようで、実は〝姉さん女房〟の数は結構多いんです。いつ頃から年上の男性と年下の女性の結婚が増えてきたのかということは、僕自身、社会学的に興味を持っている課題のひとつです。

林　中世にまで遡りますが、『平家物語』の建礼門院徳子にしても、高倉天皇よりかなり年上ですものね。天皇が男性として性に目覚める頃、女性がちょうどリードしていけるということもあったかもしれません。

磯田　事実上そうなるでしょう。女性の方が肉体的にも精神的にも成熟が早い傾向もありますから。

林　方子さんは皇太子裕仁親王と同い齢ですが、年齢の問題ではなかったと考えると、伊都子さんが選ばれなかった娘の嫁ぎ先を早く決めねばと焦ったのもよく分かります。

磯田　良子女王は何事にも動じない、落ち着いた方だったようですね。

林　お写真を見ると、本当に日本人形のようで、ああいう顔立ちが昔の美女とされていたのですか？

磯田　そのようにも考えられますが、昭和天皇は幼時から質実を叩き込まれ、地味で実直な感じの方がお好きだったのではないかと思います。目鼻が大きくて目立つ華やかな方を望むのは〝享楽的贅沢〟と考えられていたふしがあります。

林　続いて貞明皇后の次男の秩父宮の妃となった、松平勢津子《せつこ》さんは会津の松平容保《かたもり》の孫ですから、これはすごい。かつての朝敵の子孫を皇室に迎え入れるという発想もなかなかできません。

磯田　維新に功績のあった薩長との力関係も含めて、貞明皇后は「オールジャパン・ノーサイド」を考えられた。政治方面の男性方とも相談をされた上でしょう。久邇宮家と梨本宮家の父である中川宮（朝彦親王）は、実は明治元年に徳川慶喜に使いを出して維新政府の転覆を企てたとして、一時、親王位をはく奪されて広島に幽閉された皇族です。要するに、朝敵にされたり、けん責されたりした一族にも不満を持たせぬよう、名誉回復して体制に取り込む機能を、皇族の縁談はもっていたわけです。

林　伊都子さんから見れば、勢津子さんは平民の外交官に嫁いだ妹の子です。身分としては自分の次女・規子の方が高いにもかかわらず、ここでも選ばれなかったという悲憤があったでしょうね。縁談の話がきた時、勢津子さんのご両親も、「地味で不器用で普通の子です」と何度もご辞退したそうですが、勢津子さんも決して派手な雰囲気はなくとも、本当に品よくまとまっていらっしゃって、貞明皇后にも可愛がられたそうですね。

磯田　世間からの注目度が高いぶん、上流階級のお嬢様たちは、縁談に際して色々な悩みを抱えていらっしゃったと思います。そのひとつは嫡出子と非嫡出子の問題です。つまり、母親が正妻かどうかで縁談にも如実に差が出る時代でした。

林　学習院はそういうことで差別はしない建前だったということですが、華族の庶子、柳原白蓮も最終的には東洋英和女学校に通いましたし、実践女学校を出ている方がいるのも、母親の出自によるところが大きかったようですね。

磯田　もうひとつ差別の問題があって、それは容姿です。現代は世の中の女性たちは美しい女優さんに憧れを抱きますが、当時、女優は地位が低くイメージが今ほどよくない。皇族華族の令嬢こそが憧れの的でした。肖像写真が雑誌や新聞に載り、大衆の注目を集めたわけです。

　この小説のなかでも、貞明皇后が、色黒であることから「黒姫さん」というあだ名をつけられていて、ご本人も内心気にされていたことは有名な話です。さらに林さんの小説の中では、夫の大正天皇が新婚にもかかわらず、若く美しい伊都子さんに懸想気味だったというエピソードが出てきますね。

林 大正天皇が皇太子時代、日光の田母沢御用邸に滞在されていた折、鍋島家別邸にいた伊都子さんにダックスフントを押し付けていかれ、鍋島家が大層困惑したというのは本当の話です。ただ、伊都子さんは大名の娘ですから、皇太子に嫁げる身分になく、貞明皇后のライバルだったわけではないんですけどね。

磯田 明治天皇の時代までは側室を置きましたが、条約改正もあって、欧米のキリスト教国に野蛮の王とされぬよう表向きは一夫一妻制にする必要が生じます。大正天皇は皇后のある身で有力な侯爵の令嬢を後宮に入れることはできません。西欧化のせいで伊都子が手の届かない、高嶺の花になっていたのが面白い。

林 結局、伊都子さんは梨本宮家に嫁ぎ、娘の方子さんは皇太子に嫁げる身分を手に入れたわけですが、嫁ぎ先は朝鮮の皇太子の李垠ということになりました。この縁談が調ったとき、方子さんは学習院に通われていましたが、嫁ぐ前日荷飾りに同級生たちがわらわらと方子さんのところに集まってきたそうなんですね。「よその王子に嫁ぐあの人を見に行きましょう」という、上流階級の女の子たちの残酷さが表れていると思いました。

磯田 もっとも母親の伊都子さんは考えが違う。今は異文化との縁組でも、いずれは朝鮮も「もうひとつの日本になる」とみた。方子さんの縁談は国のためにもなると本当に信じていました。さらに、李垠が皇太子として扱われるのであれば、宮中席次、位階の高さの点でも申し分ないとも考えていたでしょう。幕末の鍋島閑叟の血をひくだけあって、まったく先見第一の合理主義者です。

よく「薩長土肥」と言われますが、実は佐賀（肥前）藩は鳥羽伏見の戦いには加わっておらず、戦ったのは薩長土と因幡・伯耆の鳥取藩でした。後から倒幕に加わった肥前は自慢の海軍力とアームストロング砲を提供。上野の彰義隊と会津若松城をその火力で制圧し、維新のお手柄順位で四番目に滑り込んだわけです。薩摩の島津家に連なる良子さんが日本の皇太子の妃に内定し、鍋島系の方子さんが朝鮮王世子の元に嫁げば、序列的にも座りが良いと思われたこともあるでしょう。

林 当時の日本には、朝鮮人は三千人しかいなかったそうです。ですから、李垠と方子さんの結婚は、日朝結婚の第一号のようなものだと言われています。伊都子さんの朝鮮に対する偏見のなさは、もっと評価されるべきだと思います。

磯田 日本と韓国についてはあまりにも複雑な問題が横たわっていますが、もともとは日本の天皇が「王」ではなく、「帝」を名乗ろうとしたことが根本にあり、この小説の通奏低音としても流れていると思います。帝と王の違いは、帝は王に王たるもの。つまり、帝は子分にあたる王国を下にもつのが条件なんです。中国は人口も多く、周王朝は天子が、秦から皇帝が周辺の王の国を従えてきた。

しかし日本は中国との対抗上、ひとりぼっちでも帝を名乗り続け、ようやく明治の時代になって琉球王国を自分たちの版図の中に入れた。さらに日韓併合でふたりの王を従えた状態になり、さらに清朝最後の皇帝であった溥儀《ふぎ》を連れてきて満州帝国を作り、これを傀儡状態におきます。二人ないし、三人の王を従える、あるいは連携している状態の帝国を一時的に作っていったのが、明治から戦前にかけてで、帝国の実態を作る作業も同時に行われました。そのひとつが日本の皇族と朝鮮王朝との縁組に関する法律規定であり、方子さんと李垠皇太子の婚約前にそれが作られています。

林　少し意外だったのが、二人の縁談が決まった当初、朝鮮の方ではそれほど大きな反対はなかったそうですね。

磯田　朝鮮の歴史を見ると、モンゴル帝国時代、高麗王朝の王にはモンゴルの皇族女性が連続して嫁いでいます。つまり、朝鮮半島では、隣りの軍事大国が王に后妃を押し付けてくる状況はすでに経験ずみでした。西洋化の時代になり、周辺国を従える〝帝国〟の確立を急ぐ日本が、かつてのモンゴルのように王に妻を押し付けてきた、と捉えたかもしれません。

林　その視点は考えたことがなかったです。ただ、李垠と方子さんの最初の息子が朝鮮で亡くなり、これが毒殺だったと根強く言われています。やはり日韓併合の歪みが顕れてしまったということでしょうか。

磯田　日本はそもそも〝併合〟という形をとった上に、李垠を東京で教育し、長期的に住まわせています。徳川幕府が大名の子を江戸に置いたのと同じです。朝鮮もここまで外国に、自国の王を取り込まれたのは稀でした。さらに、日本は神道、朝鮮は儒教の国ですから、宗教的な共通点もないわけで、日本に対する反発心は間違いなくあったと思います。

林　最初は子供の頃に伊藤博文に無理やり連れてこられて、おいたわしい人質の王子様だったわけですが、そのうち日本の女性を娶った上、東京でいい暮らしをしている――このように国民の感情が変化していき、戦後、李垠夫妻の結婚は歓迎されず、長らく韓国への帰国も許されませんでした。日本が朝鮮の国民感情を無視したことを色々とやっていたことは事実だし、それを今も引きずっているわけですから本当に難しいですね。

磯田　ヨーロッパではキリスト教を共通の土台とした王室間の縁組が脈々と行われ、ポルトガルからロシアまで幾重にも縁戚関係が築かれています。一方、東アジアは違う。顔は似ていても、玄界灘を隔てて、大陸アジアと島国日本の間には大きな隔壁があります。柏手を打つ日本の神道は、朝鮮はもちろん、中国や東南アジアにもありません。

ていても、玄界灘を隔てて、大陸アジアと島国日本の間には大きな隔壁があります。

『李王家の縁談』は深い問題提起を含んだ作品です。

林　ヨーロッパの融和的、発展的縁組と違い、傀儡政府の満州帝国へ嫁いだ嵯峨浩さんも含め、方子さんの結婚が、現代では女性の犠牲的悲話としてのみ捉えられているのは残念でなりません。今回、李王家について調べていくうちに、李垠の異母妹にあたる大韓帝国最後の王女・徳恵《トケ》姫と宗武志《たけゆき》さん夫妻についても、色々と知ることになりました。夫の宗武志さんは対馬藩の旧藩主の家柄で、東京帝国大学文学部出身、北原白秋にも師事していた上に、写真を見るとすごくイケメンで背が高いんです。

磯田　宗武志さんはまるでドラマにでも出てきそうな美貌の持ち主ですよね。この縁談も伊都子さんが積極的に関わられたようですね。

林　貞明皇后の実家の九条家とのご縁も宗武志さんは深く、和歌も詠むし、詩にも素晴らしく造詣が深い。ところが、韓国で出ている本や映画を見ると、まるで彼に監禁されたせいで、徳恵姫が病んでしまったかのように本当にひどい描かれ方をしています。私が調べた限りでは、徳恵姫は統合失調症を患ってしまっていたにもかかわらず、徳恵姫のご実家から離婚を要請されるまで、宗武志さんは献身的に姫に尽くしていたといいます。この事実は韓国の方にも、きちんと知ってほしいと思いました。

磯田　本作の中では日韓関係はもちろんですけれど、もっと広く国際関係をみても、中国型の秩序から西洋型の秩序へ、さらに国内の政治関係では、かつての大名家の地位が華族とはいえ落ちていく一方で、皇族の地位が上がっていった事実が書かれていることも、重要なポイントだと思います。

林　その通りで、江戸時代の宮家というのはさほど重く扱われていません。戦後に十一の宮家が皇族の身分を離れましたが、そのほとんどが維新後に新たに創設されたものなんです。

磯田　明治以前の宮家は、公卿筆頭の五摂家（近衛家、鷹司家、九条家、二条家、一条家）の方が家格が高く、近衛家などは天皇の実子を養子にしています。実質的にも皇族以上の待遇であって、たとえば、五摂家と宮家がすれ違うときは、宮家の方が遠慮しました。これを「路頭礼」というのですが、林さんはそこまでよく描き込まれましたね。

林　明治三十九年に創設された竹田、朝香、東久邇の各宮家はいずれも、明治天皇の内親王の嫁ぎ先として創設されました。そもそも伊藤博文や山縣有朋らは、宮家があまりにも多すぎると苦言を呈していたらしいです。

磯田　おそらく彼らにとって本当の宮家は、以前から続く四家（伏見宮、桂宮、有栖川宮、閑院宮）のみというイメージもあったでしょう。さらにここでも問題になるのが、西欧化による一夫一妻制です。皇位継承を安定したものにするため、宮家を増やすことになったものの、伏見宮の直系ということが重視され、朝彦親王（中川宮）が久邇宮家の創設を許され、さらにその子供たちが、賀陽宮《かやのみや》、梨本宮、朝香宮、東久邇宮と、次々に新たな宮家を興すことになった。当時はまだ朝彦親王が、薩長政府を裏切って徳川慶喜と共謀しようとしたことも記憶に新しいわけで、自分たちが奉った宮家ではないという意識は当然あったと思います。

林　本作のスピンオフとして、久邇宮家を継いだ邦彦《くによし》王の長男であり、良子女王のお兄様、朝融《あさあきら》王の縁談について「綸言汗の如し」という短編を書きましたが（「オール讀物」二〇二一年九・十月合併号掲載）、そこでも長州出身の元老・山縣有朋は、島津家の男系の血筋に視覚障害があることを理由に、良子女王へ婚約辞退を迫ります。父の邦彦王による貞明皇后への上奏により無事に婚約は成ったものの、今度は朝融王が伯爵家の酒井菊子との婚約を破棄するスキャンダルが発生し、大きな波紋を華族界に投げかけます。皇族の縁談をめぐる問題は、決して今に始まったことではないんだなと、調べていて非常に面白かったです。

磯田　とりわけ前近代社会では、縁談と凄まじい権力闘争が密に繋がっていたと思います。歴史上、縁組しようと自分から皇室に接近した人をみると野心家もかなりいるわけです。歴史家としては、いつも欲のない心の綺麗な人ばかりが皇室に接近してきて縁組が成り立つようなイメージは、絵空事のような気がします。

林　なるほど。すごく深いお言葉だと思います。とはいえ、梨本宮妃伊都子さんは、やはり時代をよく読んで、周囲の人々を注意深く見定めながら、さまざまな縁を取り結んだのだと思います。九十四歳まで生き、美智子さまの代まで見届けられて、パワフルで魅力的な方でした。こういう日本の貴婦人がいたことを、多くの皆さまに知ってもらえたらうれしいですね。

（「オール讀物」二〇二一年十二月号）

特別対談

「運命の一冊に出会うために」

藤原正彦（作家・数学者）×林真理子

藤原「『野菊の墓』は何度も泣いた」
林「『風と共に去りぬ』でショックを」

林　今日のテーマは「人生を決めた本」——と言ってもお引き受けするまではよかったんですけれど、昨日からちょっと気が重くなってきまして。

藤原　どうしてですか。

林　先生と私じゃ、読んできた本のレベルも知性も違うだろうし……。

藤原　いやいやいや、とんでもないですよ（笑）。小説を書くには、それこそ膨大な資料を読み込まなければいけないじゃないですか。今日は、そんな林さんのデビュー前の読書まで聞いてみたいと思って来ました。こういう時、真っ先に思い浮かぶ一冊は何ですか？

林　何と言っても『**風と共に去りぬ**』（M・ミッチェル、新潮文庫ほか）ですね。中学二年生の時に読んで、あまりにもショックを受けてしまいました。山梨県の小さな町に暮らす女の子には、物語と現実の区別がつかず、波乱に満ちたスカーレットの人生に「こんなにも劇的な人生を送る人もいるのに、私は一生ここでつまらない毎日を過ごすんだ」と思って、死にたくなったくらい。間違いなくあの本によって、どこかもっと大きな世界に飛び出したいと切実に願うようになりました。先生はいかがですか？

藤原　私たち一家は満州からの引揚げ者でしたから、家には一冊も本がありませんでした。お金もない、本もない、何もない。そんななか、四歳か五歳の時に父が「**赤い鳥**」という厚い本を買ってきてくれたのです。戦後の藤原家にやってきた初めての本で、他に読むものもないから何度も何度も読みました。

林　後に名作と称される童話や童謡、詩の載った雑誌ですよね。「赤い鳥」は私にとっても思い出深い本でして。昭和二年に母が投稿した作文が一度、推奨という一番いい賞をもらったことがあるんです。

藤原　えーっ。すごい。

林　「猿まはし」という題で、山梨日日新聞にも載りました。鈴木三重吉先生に「素晴らしい才能だから伸ばしてあげてください」なんて言っていただいて、祖母が喜んで、いずれ作家にしたいと言っていた。母は母でその気になって目指しちゃったんですよね。

藤原　でも、それは林さんにも影響を与えませんでした?

林　そうですね。母の想いというのはずっと私の中にあったかもしれません。その後、作家の夢破れ日下部駅(現・山梨市駅)の駅前で小さな本屋を開くのですが、おかげでいろいろな本が読めました。本に囲まれた日々は作家の原体験だと思います。

「クオレ」の美少年デロッシになれなくて

藤原　私も小学四年生くらいから少年少女のための世界文学全集というようなシリーズを読むようになりました。全巻を揃えていた友人がいたので、毎週日曜日に一冊ずつ借りに行った。その中に「クオレ」というのがありまして。

林　ありましたね。

藤原　あれにめちゃくちゃ感激しました。人生を変えた本を聞かれればあの一冊かな。優等生のデロッシと、ガルローネというがっしりした体格のガキ大将がいて。デロッシはいつも金髪を風になびかせて遠くを見つめているような眉目秀麗、成績抜群の男の子で、みんなの尊敬を集めていました。私も彼みたいになりたくて、校庭で眉間に皺を寄せて眩しそうに遠くを見ていたけれども、誰も振り向いてくれなかった。

林　懐かしい少年時代ですね（笑）。

藤原　それならガルローネになろうと。彼は貧しい子や弱い子がいじめられていると果敢に助けるような子でした。私が小学校五年生のとき、ある昼休みにドッジボールをしていると、パスを回さなかったとかで、ある子が同級生を殴り倒したのです。殴られたのは、家族五人が六畳で寝ている家に住む子で、穴のあいた半ズボンを穿き、栄養失調からか、いつも坊主頭におできができていました。殴ったのは有力市議会議員の息子でガキ大将でした。見ていた私は、すぐさま突進してそいつを引きずり倒し、雨上がりの校庭に顔を押しつけました。「今度弱い者いじめをしたら、これくらいじゃあ済まないからな」って。

家に帰り顚末を話すと、父がものすごく褒めてくれた。「よくぞやった。弱い者貧しい者を助けたんだな」と。

林　新田次郎さんは素晴らしいお父様ですね。

藤原　隣にいた母は、「なに調子に乗ってるの。まったく、この親にしてこの子ありね。そんなことをしていると暴力少年として中学受験のときにろくな内申書を書いてもらえませんよ」と言ってましたけど。

林　お母様には敵いませんね（笑）。

藤原　父は武士の家の生まれで、私は小さな頃から武士道とは何たるかを口を酸っぱくして教えられてきました。「弱い者いじめは人間として最も恥ずかしいことだ。見て見ぬふりをして通り過ぎるのはお前が卑怯者ということだ。力を使っても構わないから必ず助けろ」。

同じ時期に読んでいた「**立川文庫**」は、今も私の中に息づいていると思います。父の実家には長い廊下がありその上部が本棚になっていました。ずらりと並んだ立川文庫の『**猿飛佐助**』『**霧隠才蔵**』などを読むうちにだんだん講談本にハマって、中一の頃には『**講談全集**』(大日本雄弁会講談社)などを次々に買って読みました。義理人情あふれる話の中に涙と笑い、惻隠の情や正義感、勇気、誠実さ、親孝行……人生において大事なことすべてが詰まっている。小六から中一くらいにかけて講談本に育てられたようなものです。父も小学生の頃の愛読書だったと言っていましたから、父子ともに立川文庫から学んだと思います。

林　今の子たちは、本を読むより勉強だなんて言われ、そういった情緒を身につける機会は減るばかりじゃないですか。本を読むことがムダだと勘違いされている。

藤原　お茶の水女子大学で教えていた時に、地下鉄を降りて講談社の前を歩いていました。すると『21世紀版少年少女世界文学館』の垂れ幕がかかっていて、「早く読まないと大人になっちゃう」と書かれていました。心から感激しました。

林　すごくいい言葉ですね。

藤原　だいたい、子供の頃に文学や自然に親しんで情緒を育てていないと、社会に出ても学問をやってもうまくいくはずはありません。数学でも物理でもおそらくどんな分野においても、創造的な仕事をするうえで美的感受性は最も大切なものです。それがないと大成しません。さらに母語をしっかりマスターして初めて「思考と道徳の基盤」ができる。小学校で英語だのプログラミングだの教えるのはまったくの的外れです。

林　国語をちゃんとやる前に英語をやるなんてどうなのかしらって私も本当にそう思うんです。英語ができない者のひがみだろうと言われるので、あまり大きな声では言えませんけれど。

ブロンテ姉妹との出会いは大きかった

藤原　そういえば、高校生の頃に出会った宮沢賢治の「永訣の朝」という詩も忘れられません。

林　結核を患う二十四歳のとし子が亡くなる間際、兄賢治に「あめゆじゅとてちてけんじゃ（雪を取ってきてください）」とお願いするんですよね。

藤原　あの詩が感動的なのは、とし子は自分のために雪を取って来てくれと頼んでいるわけではないということです。引用すると、「ああとし子　死ぬといふいまごろになって　わたくしをいっしゃうあかるくするために　こんなさっぱりした雪のひとわんをおまへはわたくしにたのんだのだ　ありがたうわたくしのけなげないもうとよ　わたくしもまっすぐにすすんでいくから」。このくだりに今でも鼓舞されています。私は、賢治がとし子に誓ったように、「まっすぐに進んで行こう、なにがなんでもまっすぐに進んで行こう」と、とし子に誓ったのです。

『国家の品格』に「論理よりも情緒」「英語よりも国語」「民主主義より武士道精神」と常識と違うことを書いたので、あちこちから猛烈な批判が来ました。ある程度予想していたのですが、英訳を読んだインドの友人からは「民主主義を蔑ろにする不愉快な本だ」と絶交されました。ひどい誹謗中傷もありました。でも、とし子との誓いを思い出し、「信じる道を貫くのみ」とたじろぎませんでした。

林　お父様の教えと、幼き日に出会った本は先生の胸にずっと刺さっているのですね。私も河出書房の『世界文学全集』や『日本文学全集』は片っ端から読んだ覚えがあります。勉強は好きではありませんでしたが、小説家としての基礎学力はあれで身についたような気がします。特に、ブロンテ姉妹との出会いは大きかった。『ジェーン・エア』（C・ブロンテ、新潮文庫ほか）とか『嵐が丘』（E・ブロンテ、新潮文庫ほか）から女の子は恋を知っていくんです。

藤原　「好き」「嫌い」という語彙しかなければ真の恋愛はできません。本を読み、日本語の繊細な言葉を知ってはじめて恋愛のひだも深くなる。

林 本当にそうですね。一方で弊害もあって、男の人は文学全集に出てくるヒーローみたいに愛の言葉を囁いてくれるものだと思ってしまう（笑）。実際、そんな人はいなかった。やっぱり物語の中の言葉なのですね……。

それにしても、田舎の女子高生には『**赤頭巾ちゃん気をつけて**』（庄司薫、中公文庫ほか）は衝撃でした。日比谷高校に通う主人公薫くんとガールフレンド由美との間で交わされる小難しい話なんか、山梨の高校生からしたらまるで別世界。出版された時、先生はもう大学生？

藤原 大学院の頃かな。

林 先生のように、東京の学校を卒業して学問の道に進まれた方からすると、薫くんのあの感じは「ヘンッ」と笑っちゃう感じでした？

藤原 私は恋愛には奥手も奥手、超奥手で（笑）。

林 『**されどわれらが日々——**』（柴田翔、文春文庫）にも都会のインテリ学生の生活を垣間見た気がして、よく覚えています。

藤原 でもね、あんな恋愛をしていたのは文系の学生だけですよ。私なんて、生まれて初めてデートしたのは二十五歳でしたからね。

林 まあ、そうなんですか。

藤原 それまではもう、恋に恋してるだけ。歌手の奈良光枝さんに恋焦がれ、柱に貼った鰐淵晴子さんのポスターに毎日キスして。

林　先生、そういうことを真顔でおっしゃるから（笑）。

藤原　そもそも私の母は、大学院まではグループ交際以外許しませんという。それを真に受けて本当に出遅れちゃった。

林　でも、あんなに素敵な奥様とご結婚されたじゃないですか。一目惚れですか？

藤原　そうですね。まあ、お見合いが一勝四敗で切羽詰まっていた私は、得意の巧言令色で毒牙にかけたのです。うまくだまされてくれました。

林　またまた、そんな。

藤原　あれ、どんどん脱線していく。

林　本当だ（笑）。とにかく、先生のご結婚も読書で鍛えた話術の効用ということですね。

藤原　そうそう、たしかに本の効用はありましたよ。小さい頃にどんな本を愛読していたかを知れば、その人がわかる、と私は確信していました。そこで彼女に会って間もなく、子どもの頃にどんな本が好きだったかと尋ねたら、「クオレ」そして『**コタンの口笛**』（石森延男、偕成社文庫）を挙げたのです。

林　先生と一緒じゃないですか。

藤原　そう。それで三十四歳にして結婚欲がムクムクと湧いてきてしまいました。

林　たしかに、どんな本を読んで来たかでその人の人となりがわかりますよね。若い頃、エリート官僚のお部屋に行ってビックリしたのは、本棚に『女子大生ナンパ術』というような本がずらりとあって（笑）。それを見て一気に嫌いになりましたもの。

今川焼をお供に剣豪小説の幸せの日々

藤原　林さんが作家になるのを後押しした本はありますか？

林　よく覚えているのは、中沢けいさんの『**海を感じる時**』（講談社文芸文庫）ですね。あれが出たのは、私が大学を卒業して就職できずにいた頃でした。中沢さんは一躍時の人になった。「ああ、高校生が書いてもいいのか」と思いましたし、こんなに有名になれるのなら私も書いてみようと邪な気持ちも（笑）。でも、そう簡単に書けるものではなかったですね。

私は昔から女性作家の作品が好きで、有吉佐和子さんや宮尾登美子さんが書く女性の一代記は自分もいつか書いてみたいと思っていました。有吉さんだと『**恍惚の人**』（新潮文庫）、宮尾さんは、『**櫂**』（新潮文庫）、『**陽暉楼**』（文春文庫）、『**真砂屋お峰**』（中公文庫）、『**鬼龍院花子の生涯**』（同）の三作が「なぜそんなに？」と思うほど好きで、これまでに何十冊読んだかわかりません。

藤原　何十冊!?

林　ええ、旅行に行くと新幹線や飛行機で読む本がないとき、旅先の書店で宮尾さんの三冊のうちのどれかを買っちゃう。それでもう何十回買ったことか……（笑）。宮尾さんは文字から魔法を生み出せる作家でした。その世界に引き込まれると、ページを閉じるくらいなら死んでしまった方がマシ、というほどの気分になってしまう。

藤原　いまや、恋い慕ってきたその作家の方々の席に林さんが座っているのではないですか。

林　そんなことはないですよ。ただ、今こうしてやっていけているのは、やはり若い時の読書経験があるからとは思います。そういえば、「ふつうの女性」が小説を書くようになったのは私がきっかけだとよく言われます。同人誌をやったり、何度も新人賞に応募したりしてデビュー、というステップを踏んでいませんし。

藤原　林さんは大学卒業後のアルバイト時代にコピーライター養成講座に通い、文筆の道へと進んだのですよね。当時も本はたくさん読んでいたでしょう？

林　そうですね。若い時は夜が長いじゃないですか。今はスマホがありますが、昔は家にいてもやることがない。だからよく近所の貸本屋まで歩いていって、剣豪小説や「オール讀物」を借りました。五味康祐さんとか柴田錬三郎さんに夢中だったな。で、その二軒隣の今川焼のお店で丸いのを二つ買って食べながら、借りて来た本を読む。こんな幸せがあるだろうかと思っていました。食べていけないから就職しましたけど、本と今川焼で生きていたあの幸せな時間はずっと覚えていますね。
話は戻りますが、『限りなく透明に近いブルー』(村上龍、講談社文庫)が出たのもその頃で、あれにも背中を押されました。

藤原 芥川賞を受賞した時にはとんでもない話題になりましたよね。当時は数学が人生の中心で、すっかり本とはご無沙汰してしまっていましたが、評判はよく覚えています。

林 度肝を抜かれましたよ。純文学が今のエンタメ小説のように読まれた最後の時代だったかもしれません。

『野菊の墓』を読んで泣く男性って素敵

藤原 僕は日本の文学が好きでそればかり読んでいました。何と言っても伊藤左千夫の『野菊の墓』(新潮文庫ほか)。あれには何度泣かされたことか。まず中学一年生の時に初めて読んでさんざん泣きました。高校二年生になり、さすがに十七歳になってまで泣くことはないだろうと思って読んだらもう涙が止まらない。今度は大学院生の時に読んでまた涙。

林 『野菊の墓』を読んで泣く男性って素敵だと思います。

藤原 あれは伊藤左千夫の自伝で、書きながら自分自身も号泣したそうです。互いを想いながら結ばれなかった政夫と民子ですが、死の床についた民子が左手に政夫からの手紙と写真を握りしめていた場面など……恋愛とはやはりこういうものなのだと思い、日本文学の情緒をしみじみ嚙み締めました。

でも、大学に入ると周りは海外文学を読んでいないのは恥ずべきこと、という雰囲気だったから、あわてて『**赤と黒**』（スタンダール、岩波文庫ほか）、『**マノン・レスコー**』（アベ・プレヴォー、光文社古典新訳文庫ほか）、『**椿姫**』（デュマ・フィス、新潮文庫ほか）、『**若きウェルテルの悩み**』（ゲーテ、同）を読んだりしました。考えてみれば全て恋愛ものですが、何しろあの頃はマグマが溜まっていたから（笑）。それでまた涙して向こうの小説も悪くないなと思ったわけです。

「これを読まないと一人前になれないぞ」

林　私は翻訳ものの純文学は結構苦手なのですが、ガルシア゠マルケスは熱愛していました。『**予告された殺人の記録**』（新潮文庫）が特に面白い。空恐ろしく、説明しがたいユーモアに包まれた物語に、どことなく幼い頃に祖母から聞いた昔話を思い出すんです。『**愛人　ラマン**』（M・デュラス、河出文庫）も一時ブームになって私も好きでした。九〇年代までの女性はいい意味で〝知的な気取り〟のようなものがあって、今よりもっと本を読んでいた。本がカッコいいものとして流行していた時代というのでしょうか。

藤原　今とはだいぶ違いますね。

林　時代によって読まれる本の傾向って変わるんですよね。

藤原　僕が学生の頃は哲学書ね。友人に、**『愛と認識との出発』**（倉田百三、岩波文庫）、**『人生論ノート』**（三木清、新潮文庫）……あと何だったかな。

林　**『三太郎の日記』**（阿部次郎、角川文庫）ですか？

藤原　そうでした。「この三冊を読まないと一人前の人間になれないぞ」と脅されて、夏休みに三冊持って信州の祖父母の家に行ったことがあったんです。読み始めたら、みんな十ページでやめちゃった。

林　面白くなかった？

藤原　哲学はどうも身体が受け付けませんでした。言葉の定義が何一つないわけです。数学をやっている人間に言わせれば、定義のないものをいくら議論したってどこにも行きつくわけがないと。

林　『野菊の墓』を読んで大号泣する先生と、定義なきものを排除する先生が矛盾せずにどちらもいらっしゃるというのが面白い。

藤原　文学は定義や理論を声高に主張しないからいいんです。哲学はそこが……気にくわないというか（笑）。

林　なるほど。ところで、先生が数学者を目指すきっかけとなった本はありますか？

藤原　いちばん最初は、日本人初のフィールズ賞受賞者である小平邦彦先生という数学者に憧れたんです。私が住んでいた信州の隣村出身で、受賞当時、私は小学五年生。「アサヒグラフ」に写真が大きく載っているのを見て僕も、と思ったのを覚えています。数学は得意で、高一の時には大学入試の数学は片っ端から解けたんですよ。

林　すごいですねぇ。私は赤点ばかりで苦しめられた記憶しかありません……。

数学者になると決めた天才ポアンカレの言葉

藤原　でもね、大学入試の数学までは楽しかったけれど、数学者になったら世界中の天才と競わなければいけないと思うと途端に怖気づいてしまいました。そんな時に、ポアンカレの『科学と仮説』『科学の価値』『科学と方法』（岩波文庫）という三部作に出会い、『科学の価値』の一節に打ちのめされた。

〈真理の探究、これがわれわれの行動の目標でなければならない〉

これを読んで「よし、数学の道へ進もう」と覚悟しました。真理の探究といったって、文学や芸術だって真理の探究なわけですが（笑）。アインシュタインの数学上の師である天才ポアンカレの言葉に、半分酔っぱらったように数学科に入ってしまいました。

林　数学を解いているのが楽しくて仕方ないという感覚は、私にはどうしてもわかりません（笑）。

藤原　数学者はいつも解けない苦しみの中にいます。これまで誰も解いたことのない問題を解かないといけませんから。七転八倒の日々です。

林　そんな時、どうやって正解を見つけるのですか？

藤原　実は、一番美しい道が正しい道なのです。以前、棋士の米長邦雄さんと対談したことがあるのですが、百手で勝負がつくとしたら、そのうち九十五手は五秒以内に最善手に気がつくとおっしゃっていました。それは最も美しい一手なのだそうです。数学も同じで、正解に辿り着きそうな道が何本見えたとしても、いつだって正しいのは一番美しい道。論理ではなく美的感覚なのです。

林　ははあ。数学が行きつくところは美なのですか。

藤原　そうです。この美的感受性を身につけるためには、小さいうちから美しい自然や芸術、小説や詩に触れなくてはなりません。意外に気づかれていませんが、自然科学の分野においてノーベル賞を取った日本人二十五人の中に東京で生まれ育った人はいない。みな地方出身です。だから、林さんはご自分のことを田舎の女子高生だったとおっしゃいますけど、ブドウ畑の広がる日下部で生まれ育ったことは自慢にしていいんですよ。

林　でも、悲しいかな、文化的なものは何もありませんでしたよ。

ケンブリッジで唱えた島崎藤村

藤原　私みたいに自信過剰な人間でも、ノーベル賞やフィールズ賞受賞者が闊歩するケンブリッジにいたときは、西欧の知性というものに圧倒されそうになることもありました。そういう時は心の中で島崎藤村の「**千曲川旅情の歌**」を唱えるんです。「小諸なる古城のほとり　雲白く遊子悲しむ　緑なすはこべは萌えず」って。「歌哀し佐久の草笛」とおしまいの方までくると、「俺はこの佐久の草笛を聞きながら美しい信州の自然の中で育ったんだ。お前たちにはそんな情緒はあるまい」とつぶやき、胸を張れるんです。

三十歳手前でアメリカに留学したときには、みかん箱いっぱいの数学書に加え、詩集を三冊だけ持って行きました。萩原朔太郎に室生犀星、中原中也。この三人の詩集を読むと、翌日からまた阿修羅のごとく研究に取り組む自信が湧いてくるのです。

林　そういうものですか。

藤原　そうですよ。子どもの頃に名文に触れ、理解する前に暗唱してしまうくらい読み込んでいると、のちにものすごい力になりますから。

林　私、高校の放送部で名作の朗読もしたのですが、井伏鱒二の『**山椒魚**』は今も暗唱できるくらいしっかり覚えています。そういうリズムを身体に沁み込ませることが大事なのですね。いま『**平家物語**』の超訳をしていますが、原文を声に出して読むと、意味のわからない部分もありつつ、やはり美しいと感じる。

藤原　そうでしょう。吉川英治の『**新・平家物語**』（講談社吉川英治歴史時代文庫）十六巻をうちの女房はコロナ禍に完読してしまいました。

林　面白すぎるくらい面白いですもの。天才です。天才といえば、私、三島由紀夫は大好きだけどあまり読みません。

藤原　なぜですか？

林　『春の雪』（新潮文庫）は子供の時にも読みましたが、作家になって読むと、比喩の美しさと計算し尽くされた文章にやられてしまって。劣等感に駆られるからもう読まないことにしているんです。と言いつつ、今日は全集のその巻を持ってきたのですが（笑）。

藤原　まったく、三島の才能には気圧されますね。私も同じです。

最近、大学生の二人に一人は月に一冊も本を読まないと問題になりましたが、昨年の七月に日本大学の理事長になられてから、学生に読書を促したりなさっているのですか？

林　そんなこと言っても「ウザい」って嫌われるだけです（笑）。これまでいくつの「読書推進なんとか」に入っていたことか。でも、たとえば幼い頃から本に囲まれていると自然と手を伸ばす子になる、というのが間違いだということはわが家の娘で実証されましたし……（小声）。

犬の散歩で出会った少女

藤原　私は、通信簿の国語の欄に「読書」という項目を増やしてほしいとずっと言っています。もちろん子どもが自発的に本を読むのが一番ですけど、それが難しい以上、もはや学校や親がプレッシャーをかけるしかない。

林　そういえば以前、こんなことがありました。私、毎朝犬の散歩をしていたのですが、毎日黄色い帽子をかぶってランドセルを背負ったかわいい女の子とすれ違っていました。どうして覚えていたかというと、その子はいつも本を読みながら歩いていたんです。それで感心、感心と思って、私も『秘密のスイーツ』という児童書を書いていますから、それと一緒に「おばさんは実は本を書いている人なんだよ。この本読んでみてね」と手紙を書いて。びっくりした顔をしていたけど受け取ってくれました。

藤原　へえ、そんなことが。

林　しかも後日、お母様がお返事をくださった。「いつもかわいい犬を連れた人とすれ違うとは聞いていたのですが、林真理子さんだったのですね。娘に本を贈ってくださりありがとうございました」って。ここまではいい話ですよね。

藤原　そうですね。

林　そうしたら、いつの間にか中学生になったその子はスマホを見ながら歩くようになりました。おまけに明らかに私のことを避けるんですよ（笑）。

藤原　あらら。

林　悲しかったなあ。

藤原　小中学生からはスマホを取り上げるくらいの荒療治をしてもいいのではないかと常々思っているのですけどね。スマホによって読書の機会が奪われるとしたら人生の一大損失ですよ。

林　若くてまだ咀嚼力のあるうちに挑戦するべき本ってありますからね。私が思い出すのは、『**戦争と平和**』（トルストイ、新潮文庫ほか）、『**カラマーゾフの兄弟**』（ドストエフスキー、同）、『**チボー家の人々**』（マルタン・デュ・ガール、白水Uブックス）。全巻買っては挫折して、また暇ができたら読もうと思ってはまた挫折しての繰り返しです。

本は次の世代に、本棚は財産に

藤原　私も、大学で「チボー家のジャックが……」とか言い始めたやつがいたから急いで十三冊まとめて買ったのだけど……。

林　もしかして。

藤原　そう、まだ読んでないの。もう五十何年も前ですよ。今でも本棚に飾ってあって、読もう読もうと何度も決心するのだけどそのまんま。本棚の前を通るたびに劣等感に襲われますね。

林　わかります（笑）。老後は、晴耕はしないまでも雨読の生活が待っているだろうといろいろ本を揃えているのですが……。理想の老後がやってくるのはまだ先になりそうです。

藤原　昔、イギリスの作家が言っていましたよ。「著者は図書館に行って半分の本をひっくり返す。ところが、読者はソファに寝転がってそれを満喫できる。作家ほど大変な性分はない。読者ほど得な性分はない」と。ものを書くようになると読まなくてはいけない本ばかりで、読みたい本は読めないですよね。本当に悔しいけれども。『遥かなるケンブリッジ』を書く時には、イギリスの歴史から始まって、中上流階級の暮らしや向こうのユーモアを知ろうとデイヴィッド・ロッジやイーヴリン・ウォーを原書で読んだりもしました。百冊くらい読んだかな。そうこうしているうちに『チボー家』なんてどんどん遠くなってしまった……（笑）。

林　でも、きっとお孫さんが読まれますよ。

藤原　そうですね。当時は買えなかった『少年少女世界文学全集』も、ある時散歩中にガレージセールで全巻揃いで三千円で売っているのを見つけ、思わず買ってしまいました。これもしっかり本棚に収めています。

林　やはり本は次の世代、またその次の世代へと伝わっていきます。本棚というのは、その家の財産ですから。

藤原　僕の本棚が次の世代に行く前に〝五十年分の劣等感〟を吹き飛ばすことができますように。

（初出：「文藝春秋」二〇二三年五月号）

初出「週刊文春」二〇二一年一月一四日号～
二〇二一年一二月三〇日・二〇二二年一月六日合併号
単行本　二〇二二年三月　文藝春秋刊

文春文庫

定価はカバーに
表示してあります

カムカムマリコ

2024年 3 月10日　第 1 刷

著　者　林《はやし》　真《ま》理《り》子《こ》
発行者　大沼貴之
発行所　株式会社 文藝春秋

東京都千代田区紀尾井町 3-23　〒102-8008
T E L　03・3265・1211㈹
文藝春秋ホームページ　http://www.bunshun.co.jp

落丁、乱丁本は、お手数ですが小社製作部宛お送り下さい。送料小社負担でお取替致します。

印刷製本・TOPPAN

Printed in Japan
ISBN978-4-16-792188-0

（　）内は解説者。品切の節はご容赦下さい。

林　真理子
マリコノミクス！——まだ買ってる
自民党政権復活と共にマリコの正月がはじまった！『野心のすすめ』大ヒット、バイロイトにてオペラ「ニーベルングの指輪」鑑賞など気力体力充実の日々。大人気エッセイ第27弾！

は-3-49

林　真理子
マリコ、カンレキ！
ドルガバの赤い革ジャンに身を包み、ド派手でゴージャスな還暦パーティーを開いた。これからも思いきりちゃらいおばちゃんを目指すことを決意する。痛快パワフルエッセイ第28弾。

は-3-50

林　真理子
下衆の極み
週刊文春連載エッセイ第30弾！　NHK大河ドラマ「西郷どん」の原作者として、作家活動も新境地に。ゲス不倫から母親の介護まで、平成最後の世の中を揺るがぬ視点で見つめる。（対談・柴門ふみ）
は-3-54

林　真理子
不倫のオーラ
相次ぐ不倫スキャンダルを鋭く斬りつつ、憧れのオペラ台本執筆に精を出し、14億人民に本を売り込むべく中国に飛ぶ。時代の最先端を走り続ける作家の大人気エッセイ。（対談・中園ミホ）
は-3-57

林　真理子
運命はこうして変えなさい 賢女の極意120
恋愛、結婚、男、家族、老後……作家生活30年の中から生まれた金言格言たち。人生との上手なつき合い方がわかる、ときめく言葉の数々は、まさに「運命を変える言葉」なのです！

は-3-52

林　真理子
不機嫌な果実
三十二歳の水越麻也子は、自分を顧みない夫に対する密かな復讐として、元恋人や歳下の音楽評論家と不倫を重ねるが……。男女の愛情の虚実を醒めた視点で痛烈に描いた、傑作恋愛小説。

は-3-20

林　真理子
最終便に間に合えば
新進のフラワーデザイナーとして訪れた旅先で、7年ぶりに再会した昔の男。冷めた大人の孤独と狡猾さがお互いを探り合う会話に満ちた、直木賞受賞作を含むあざやかな傑作短編集。

は-3-38

下流の宴
林 真理子

中流家庭の主婦・由美子の悩みは、高校中退した息子が連れてきた下品な娘。「うちは〝下流〟になるの!?」現代の格差と人間模様を赤裸々に描ききった傑作長編。（桐野夏生）

は-3-39

最高のオバハン 中島ハルコの恋愛相談室
林 真理子

中島ハルコ、52歳。金持ちなのにドケチで口の悪さは天下一品。嫌われても仕方がないほど自分勝手な性格なのに、なぜか悩み事を抱えた人間が寄ってくる。痛快エンタテインメント！

は-3-51

最高のオバハン 中島ハルコはまだ懲りてない！
林 真理子

金持ちなのにドケチな女社長・中島ハルコに持ち込まれる相談事は、財閥御曹司の肥満、医学部を辞めた息子の進路、夫の浮気など。悩める子羊たちにどんな手を差しのべるのか？

は-3-56

ペット・ショップ・ストーリー
林 真理子

ペットショップのオーナー・圭子は大の噂好き。ワケあり女の「私」は、圭子のもたらす情報から、恐ろしい現実を突きつけられて……。女が本当に怖くなる11の物語。（東村アキコ）

は-3-55

ウェイティング・バー
林 真理子

結婚式後、花婿が、披露宴の司会の美女と、バーで花嫁を待つ。親し気なふたりの会話はやがて、過去の秘密に触れて……男女の恋愛に潜む恐怖を描く、10の傑作短篇集。（酒井順子）

は-3-58

野ばら
林 真理子

宝塚の娘役・千花は歌舞伎界の御曹子との恋に、親友の萌は年上の映画評論家との不倫に溺れている。上流社会を舞台に、幸福の絶頂とその翳りを描き切った、傑作恋愛長編。（酒井順子）

は-3-59

トライアングル・ビーチ
林 真理子

カメラマンの恋人を繋ぎとめるため、ロケ先のホテルのベッドで写真を撮らせるスタイリスト。隣は若いアシスタントの部屋で……（表題作）。著者初期の官能的短篇集。（内藤麻里子）

は-3-61